文通天下

突 破 认 知 的 边 界

匹夫

汪曾祺 — 著

读者出版社

目 录

"思想会使人古怪，

我孤独的时候便是个疯子。"

钓

晓春，静静的日午。

为怕携归无端的烦忧，（梦乡的可怜的土产），不敢去寻访枕上的湖山。

一个黑点，划成一道弧线，投向纸窗，"嗡"，是一只失路的蜜蜂。也许正惓怀于一支尚未萎落的残蕊，匆忙的小小的身躯撞去。习于播散温存的触须已经损折了，仍不肯终止这痴愚的试验，一次，两次，……"可怜虫亦可以休矣！"不耐烦替它计较了。

做些什么呢？

打开旧卷，一片虞美人的轻瓣静睡在书页上。旧日的娇红已成了凝血的暗紫，边沿更镶了一圈恹恹的深黑。不想打开锈锢的记忆的键，掘出葬了的断梦，遂又悄然掩起。

烟卷一分分地短了，珍惜地吐出最后一圈，掷了残蒂，一星红火，在灰烬里挣脱最后的呼吸。打开烟盒，已经空了，不禁怅然。

提起瓷壶，斟了半天，还不见壶嘴吐出一滴，哦，还是昨晚冲的，嚼着被开水蚀去绿色的竹心，犹余清芬；想后园的竹子当抽了新篁，正好没鱼竿，钓鱼去吧，别在寂寞里凝成了化石。

小时候，跟母亲纠缠了半天，以撒娇的一吻，换来一根绣花的小针，就灯火弯成钩子；到姐姐的匣内抽一根黑丝线，结系停当，捉几只蜻蝇；怀着不让人知道的喜悦，去做一次试验。学着别人的样，耐心地守着水面"浮子"（那也是请教许多先辈才晓用蒜茎做的最好）。起竿时不是太急，惊走了；便是太慢，白丢了一只蝇矢；经过了许多次的失望，终于钓得一尾鲢鱼，看它在钩上闪着银光，掀动鲜红的鳃，像发现了一件奇迹，慌乱地连手带脚地捉住，用柳枝穿了，忘了祖父的斥骂，一路叫着跳回去。

而今想来，分外亲切，不由得跃跃欲试了。

昨晚一定下过牛毛雨，看绵软的土径上，清晰地画出一个个脚印，一个守着油灯的盼待，拉快了这些脚步，脚掌的部分那么深，而脚跟的部分却如此轻浅，而且两个脚印的距离很长，想见归家时的急切了。你可没有要紧事，不必追迹这些脚印，尽管慢点儿。

在往日，便是这样冷僻的小村，亦常有古旧的声音来造访的。如今，没有碎布烂铁换糖的唤卖；卖通草花的货郎的小鼓；走方郎中踉跄的串铃；即本村的瞎先生，也暂时收起算命小锣的哨哨，没有一个辛苦的命运来叩问了，正是农忙的时候呀！

转过一架铺着带绿的柳条的小桥，有一棵老树，我只能叫它老树，因为它的虬干曾做过我儿时的骏马，它照料着我长大的乡下的替它起的名字，多是字典辞源上查不着的。顽皮的河水舔去覆土，露出隐秘的年轻的一段，那羞涩的粉红的根须，真如一个蒲团，不妨坐下。

也得像个样儿理了钓丝，安上饵，轻轻地抛向水面。本不是为着鱼而来的，何必关心"浮子"的深浅。

河不宽，只消篙子一点，便可渡到彼岸了，但水这么蓝，蓝得有些神秘，你明白来往的船只为什么不用篙子了吧！关于这河，乡下人还会告诉你一个神奇的故事，深恐你不相信，他们会急红了脸说：县里的志书上还载着。

也不知是姓什么的做皇帝的时候，——除了村馆里的先生，这村里的人都是只知道"民国"与"前清"的，顶多还晓得朱洪武是个放牛的野孩子，则"不知有汉，无论魏晋"何足为怪。这儿出了个画画的，一点不说谎，他画的玩意儿就跟真的一般，画个麻雀就会叫，画个乌龟就能爬，画个人，管少不了脸上一粒麻子。天下事都是这样，聪明人不会长寿的，他活不上三十岁，就让天老爷给收去了，临死的时候，跟他的新娶的媳妇说："我一不耕田，二不种地，死后留给你的只有绵绵的相思……"取张素绢，画了几笔，密密卷好，叫她到城里交给他的师傅，送到京师的相爷家去，说相爷的老太太做寿，寿宴上什么东西都有了，但是还缺少一样东西，心里很不快活，因此害了症候，若能如期送到，准可领到重赏，并且关照她千万不要拆开来看，他咽了最后的一口气，媳妇便上城去了。她心里想到底是个什么呢？耐不住拆开来望望，一看是一片浓墨，当中有一块白的，以为丈夫骗了她，便坐在田岸上哀哀地哭起来。一阵大风，把这卷儿吹到河里去了，我的天，原来是一轮月亮啊！从此这月亮便不分日夜地在深蓝的水里放着凄冷的银光。

你好意思追问现在为什么没有了？看前面那块石碑，三个斑驳的朱字"晓月津"，一个多么诗意的名儿。

"山外青山楼外楼，

我郎住在家后头，

…………"

夹着槐花的香气，飘来清亮的山歌，想着什么浪漫的佳话了？看水面上泛起一个微笑。她们都有永不凋谢的天真，一条压倒同伴们的嗓子的骄傲，常常在疲乏的梦里安排下笑的花蕾的。

一片叶子，落到钓竿上来，一翻身，跌到水面上，被微风推出了视野。还是一样的碧绿，闪耀着青春的光辉。你说，便这样无声的殒折，不比抖索着枯黄的灵魂，对残酷的西风作无望的泣求强些？且不浪费这些推求，你看这叶片绿得多么可人，若能以此为舟，浮家泛宅，浪迹江湖，比庄子那个大葫芦如何？

远林漏出落照的红，像藏在卷发里的被吻后的樱唇，<u>丝丝炊烟</u>在招手唤我回去了。咦，怎么钓竿上竟栖歇了一只蜻蜓，好吧，我把这枝绿竹插在土里承载你的年轻的梦吧。

把余下的饭粒，抛到水底，空着手走了。预料在归途中当可捡着许多诚朴的欢笑，将珍重地贮起。

我钓得些什么？难得回答，然而我的确不是一无所得啊。

二十九年四月十二日昆明

匹　夫

一、太重的序跋

橙黄——深褐——新锻的生钢的颜色。

星星，那些随意喷洒的淡白点子，如一个叫早晨弄得有点晕晕的人刷牙的时候忽然想到一件什么事（并没有想到什么事，只是似乎想了一下）把正要送进嘴里的牙刷停住，或是手臂微慵的一颤动，或是从什么方向吹来一点风，而牙刷上的牙粉飘落在潮湿的阶砌间了。

"我这一步踏进夜了，黄昏早已熟透，变了质，几乎全不承受遗传。但是时间的另一支脉。唔，但是清冷的，不同白天。白天，白天！"

今天晚上应该有点雾才好。有雾，可不是有雾吗？

"——我？怎么像那些使用极旧的手法的小说家一样，最先想点明的是时间，那，索性我再投效于懒的力量吧，让我想想境地，——夜，古怪的啊，如此清醒，自觉。但有精灵活动我独自行在这样的路上，恰是一个。我与夜都像是清池里升起的水泡一样破了的梦的外面。"

脚下是路。路的定义必须借脚来说明。细而有棱角的石子，沉默的，忍耐的，万变中依旧故我的神色，被藏蕴着饱满的风尘的铺到很远的东方，为拱起如古中国的楼一样的地方垂落到人的视野以外去。可怜的，初先受到再一个白天的蹂躏的还是它们。

辅助着说明路的是树，若是没有人，你可以从树来认明。两排有着怪癖的阔叶杨树笑着。

"树——"

这一个字在他的思想上画了一条很长的延长虚线，渐渐淡去如一颗流星后面的光，如石板道上摔了一跤的人的鞋钉留下的痕迹，直到他走了卅步才又记起他刚才想过树，于是觉得很抱歉，又继续想下去。

（卅步够我们来认清一个人了，你可千万别看不起星光，它比你我的眼睛更该歌颂哩。）

他走在路的脊梁骨上（你可以想象一条钉在木板上

的解剖了一半的灰色的无毒蛇），步履教白天一些凡俗的人的喧闹弄得怠懈了，于是他的影子在足够的黑阴中一上、一下，神秘有如猫一样的侦探长，装腔作势也正如之。装作给人看，如果有人看；没人看，装给自己看。影子比人懂得享受的诀窍。（这一段敬献给时常烧掉新稿的诗人朋友某先生）这种享受也许是自觉的，也许不，不过在道德上并无被说闲话的情由。

他脸上有如挨了一个不能不挨的嘴巴的样子，但不久便转成一副笑脸，一个在笑的范围以外的笑，我的意思是说那个笑其实不能算是笑，然而又没法否认它是笑。他笑了，他如何笑，我简直无从形容了，于是我乃糊里糊涂地说他笑得很神秘，对，很神秘。

他为什么笑：

"我从那里归来，那个城，那个荫覆在淡白的光雾底下的城，那边，那就是我毫不计代价地出租了一天的地方。——我这么想，如果教每日市民思想检查官看见，岂不要误会我是个包身工？——如果给每人的脑子里装一副机器，这机器能自动记录下思想，如滚动气压计的涂黑油烟的纸表上的线纹，岂不好玩？——不，那定复杂紊乱得无从辨识恐怕辨识这线纹比发明那机器须要更多的聪明，——我不是说我做了一天工，是说与那些人厮混了一天。

"那些人，那些人，说话做事都那么可笑可笑可笑？我的朋友中有一个姓巫的曾慨乎言之'万事万物都要具庄严感令人失笑便不妙。而今的人活着大都像一群非常下流的丑角一样，实在令人痛心'，若是过后想想好笑比当时失笑如何呢；只怕也不好。然而谈笑的可能太多，时间会变了一切具体与抽象的东西。谁也不能设计一秒钟乃至千万年以后的事情。——毫无作用，然而每一次筋肉与神经的运动都有其注定的意义（我决非宿命论者），何从追问起，真是！

且说风吹草动，叶落惊秋，谁能解其奥秘？我刚才想起那树来，看么，那树！总是哗啦地响真令我莫名其妙。要说风是向一个方向吹，叶子应当向一个方向动。哦，叶子承风有先后，而动得快慢之间受极复杂的意念的支配，于是乎摇摆碰击，许多原因构成一个事实，于是乎稀里哗啦。然而——

"然而我算懂了吗？我这才是自讨苦吃。我认得一个可尊敬的人，他常常喜欢在看过的书上写'某日，校读一遍，天如何，云如何，树如何，如有所悟'，这一悟真是可贵，我毕竟年事尚小，知识不够，曾记得写信给一个女孩子，也假装着说'如有所悟'回信来，骂下来了：'悟些什么，原来宝二哥哥一只大呆雁！'实在该骂。

"思想会使人古怪，我孤独的时候便是个疯子。我常说过人的最大用处在使别人不疯，不论疯是好是坏。

"思想多半是浪费生命。你越是想推解，越觉得事实瞻之尚远。没有一件事实可以由人来找出一个最近的原因，虽然原因是存在的。循环小数九与整数一间的距离简直不可以道里计。"

他的脑子有点疼了，他忽畜嗇起来，不再想了。

——然而他还是要想的，生之行役啊！

路。细而有棱角的石子。

他的眼睛由醉而怒了。

二、反刍的灵魂

他继续走他的路。

路总还是那一条，并且天下的路的分类也很简单，归纳起来开不了一篇流水账，这是不容捏造的事。而致成这些路的性格的无非是人，人惯于相同中现出不同，使纷歧复杂以填塞大而无外的日子。现在他是回去，于是这路在他的名下是短暂的归途了。

——说到归途，你我便生出许多联想，而一些好言语便在记忆里流出一片鲜明的颜色！甚至使人动了感情，欲仙欲死。然而这很妨碍我的叙述，且一一搁过。你只需记着这是归途，留一个不生不灭完整的印象，待晚上没事睡到床上想着玩去，此刻请先听故事。不过我告诉你，你之所想者一定与事实无关，与归途二字亦非直系亲属，此亦犹山上白云，只堪自娱悦而已。我说句老实话，所谓联想也者多半归于制造，由于自然之势者甚少。（唉，你瞧我够多贫气！）

他，——我忽然觉得"他"字用得太多，得给我们这位主人公一个较为客气的称呼。于是我乃想了一想。我派定他姓荀，得他姓荀了。我居然能随便派定人家姓氏，这不免是太大的恣意。文章千古事，得失寸心知，你似乎没有理由来查问一个写写文章的为什么捡这么一个姓来送给他灵府间的朋友吧。他就是姓荀了吗！而且，你大概也不反对这个荀字，山鸟自唤名，荀字的鸣声并不难听。唔，你有点鬼聪明，你会撇撇嘴，说我喜欢一个姓荀的女孩子，那实在是令人难以置答的一封信了。

在这里要顺便表一表姓荀的身份：

姓荀的是个年轻人，而且是个学生。（一个相当令人伤感的名词）他是吴越一带的人，却莫名其来源地染上一点北方气质，能说好几种方言，而自己又单独有一部《辞源》，所以说话时每令人费解，但那本《辞源》尚未到可以印刷的时候，有几个想到他的精神领域里去旅行的人也不难懂得说得。

在五年前他被人一口诬定是聪明人，这个罪名一直到如今还未洗刷干净，且有被投井下石，添枷落锁的危险，聪明大概也跟美一样，须得到老了，谢了，然后可得脱于籍中。

说了半天，姓荀的学生真有点遗世而独立的风采了，他可以去做和尚。然而不然，他是一个非常入世的。

现在他就想到他这一天的交往酬酢了。

他已经不容易记得他今天点过多少头，每一次点头垂到多深的感情里却大概知道。他未读过《交际大全》之类的书，但他几乎对这方面有很好的天才，他能在大商店里当一个得体的店员，若是他高兴，一般朋友都喜欢他，他们恭维他有调节客厅里的空气的本领，因为他以为和一个朋友在一块时只能留三分之一的自己给自己，和两个朋友在一块至多只能留下四分之一。用牺牲自己来制造友情，这是一句很值钱的话。诸位记得：

"我又出租了一天。"

你不要怀疑他这句话里有话，他只是叙述，并无批评的意思，恰如一个人说"我今天吃过三餐饭"的态度一样。

风吹得很有意思，一个久未晤面的朋友称赞过姓苟的一句什么"动的风，静的风"的诗，他忽然想起，觉得这事很有趣味，又自己欣赏了一阵子，认为诗其实没有什么奥妙。作这句诗的一定不比发明什么定理的科学家值钱。

一片树叶打在他的额上，逗起他的沉吟。他沉吟的与树叶子，与打，与额，与什么也没有关系，这其实在化学作用的公式书找不出来的。正如一个人忽然为了一桩什么事烦疼，也许是屋角一根蛛丝飘到他的脑膜上，也许是一个人鼻子上的一点麻子闪的光苦了他的睫毛，于是乎烦了，但这些外在原因与烦的事实并没有逻辑因果关系，既烦之后则只有烦而已矣。即使自己说，或者别人说出这原因，甚或除去了这原因，怕疼的人仍是烦，决不像小孩子跌了跟头随便打了附近的石头几下就完事的。而想象也大半是这样的。虽然这么就是要遭百科全书派的心理学家的不好看的眼色的，然而这实是透过经验的良心话。

他现在想的大概是个人主义这个名词。

于是起先我们看见这四个字在他的眼睛里排开八卦

了，转了又转，太极无极，弄得他晕了。他想：

"个人主义真也跟一切主义一样，是个带有妖性的呼唤，智者见智，愚者见愚，否认天才者见出沉闷的解释。一个姓耳的大学教授会大声疾呼地说自从五四以来个人主义毒害了中国的文化，有是乎，有是乎。诸子百家，各有千秋，王尔德话与纪德的话最有意思：

"——朋友，你可千万不要再写'我'了。"

"风，你吹吧，只要是吹的，不论什么风。"

人家没有把你的心接受了去之前，费尽千言万语来证明也还是徒然，写文章者其庶几乎。然而写文章也大多是没有办法的办法，某外国批评家曾说过不是文章赶不上你，就是你落在文章的后面，读者作者很少有站在一条水平线上的。自然这是抽象的水平。要像寒暑表一样地刻下度数则要坑杀万把人。甚者，写文章不令人了解必会造成很大的误会，呜呼。而我们可敬的朋友荀遂深叙其眉了，他窘得比教员演不出算题立在黑板前面还难看。

"我还是看看风景吧，这夜，啊——"

当星光浸透；小草的红根。
一只粉蝶飞起太淡的影子，

夜栖息在我的肩上，它已经

冻冷了自己，又轻抖着薄翅。

两排杨树栽成了道道小河，

蒲公英分散出深情的白絮……

他又在作什么诗了吗，正是。底下想也想不出来，他又明明记得下面应该是什么，只是想也想不上来，如一个小孩子在水缸里摸一尾鱼，摸也摸不到，而且越是摸不到越知道这缸里一定有一尾鱼的。

他心里感到空栖栖的，有从一个翻得老高秋千上飞下来的感觉。像一个沉溺人想抓住一点东西得救。

三、不成文法的名义

"十七八，杀只鸭，十八九，且得走……唔，不对！"

荀的故乡的小儿们对于月亮很有好的感情，十七八也者是他们在等月亮上来时拍着手唱的。不过十八九底下的词儿似乎不太靠得住，此地此时，无故乡人在，也无从对证，奈何他不得。其实也难怪，他离家不少年了。小时候的事情越是情切就越是辽远，令人愈是常想回去，但也许真的回去了，那些事又一股脑儿忘了，人真不乏许多令自己悲哀的材料，幸而会排遣，不然这世界上的林姑娘就太多了。且慢，方才说到月亮。为什么说到月亮呢，因为现在月亮升上来了，他抬头望明月，大有即兴吟诗之恶兆了，荀先生说不定将来是个文学家哩。

自从阴历废去原名改称农历，他的身份也只有从农人来证明，念书人没法断定今儿格是什么日子，不过月亮上来这么迟，大概总是月半以后了。月半以后，月亮自然不圆，而且很不圆了，是个月牙儿。

月牙儿真像一般俗人们说是挂着的呢，你入神一看，真不能不相信那两个尖儿上吊着一根线，不过那线如大晴天放得太高的风筝的线一样，明知是有，而越看越没有。（我们近来惯用这种语法，斯为抄袭自己，没出息其实与不脱他人窠臼一般。甚是可叹。）

——嘻，真菇蘑，你看有就是有，你看没有，就没有，谁也没有权利来干涉你呀。你说，你说。

月亮像风筝，我一提起风筝，就觉得它是个风筝，而且不许像别的。诸位几乎要怀疑我与姓荀的是个十七八岁的大姑娘，爱撒娇，这叫我们没法否认，不其然乎，男子汉大丈夫不免有时脱出什么看不见的绳捆，要撒个娇，不过大都在没人的时候。

月亮照出他的影子，很淡，又长得太不像话，他每走一步路，他的影子好像就伸长一点，如一小股水湿着平铺的沙一样，可是又似乎长了之后还缩回来，这么一伸一缩，犹如尺蠖毛毛虫走路一样。不太好看。

毛毛虫走路是先紧收身体后段的环节，次第向前，然后放开，慢慢挪动，那样子比一个唱不准音阶可又偏偏爱唱电影歌曲的学生一样令人没法喜欢。这个城里今年毛毛虫特多简直比做官做生意的还多，住的房子里满处都是，一踩一包汁，还颤动几下，难怪年轻小姐们见了要尖声怪气地叫，这叫，一半是表明"我是个女孩子呢"，一半倒确是真怕，这东西会掉到颈领里，痒得令人寒噤。

"唔。"

他真觉有一条毛毛虫掉到脖子里了，用手摸了又摸，掸了又掸，弄得一身鸡皮疙瘩，一个恐怖钻进他的静脉管里了。

毛毛虫的风暴差不多已经过去了，他在衬衫领子上摸到一根头发，便不论青红皂白赶紧说"原来是这个！"这时又忽然前面有两条黑影闪过，尚未辨清是人是鬼，头上嗖嗖一冷，再定眼一看，摆摆手，摇摇头，"没有什么，没有什么，"再不自觉恐怕连"莫怕莫怕"

都要说出来了。他想嘲笑嘲笑自己。

"这路也实在够荒芜的。半年前这儿有的是野狗啃骷髅，晚上谁上这儿来呀，再有深秋凉夜往上一处，下点毛雨子——"

说到这儿，他又不禁摇摇头，回头看看。

"是的，人常常越是怕就越是不断给自己再加点怕的材料，吓死自己的多半是自己。这条要命的路，若是冬天，下了雪，比夜还黑的黄昏，远近不时有大树倒下来，一个人握着一根铁棍子等着他的仇人从这里过，愈等愈不来，酒也完了，火又不能烧，雪有埋死人的恶意，大风。他倒宁愿他的仇人来大家一同走，忽然什么声音，什么影子重重地挑一下他的神经，他大叫一声，死了。"

"这倒真是一篇写小说的好材料。"

他想到我得这个材料犹如拾得一般，觉得很高兴。这一高兴叫他不怕了，而且学校大门口的灯已经迎接着他了。

时候还不太晚，学校的灯还没有灭呢，而且那边，一个人走进校门口。这人他是颇熟识的，但此时没有招呼他的必要，看他进去了，他有欣赏他一下的心情。

上下动着的是一个油头，唔，一天总得梳拢不少回。一面假做的方肩膀，笔挺三件头的西服，西服领子上别一个什么章，左上角小口袋里有一条小花手绢，脸虽不合格，但刮得很勤，不失为一个小生，走路非常不"帅"，可是也瞒得过女孩子，单靠脚上那双鞋。自然，浑身的乡气是洗不了的。

"没有问题，是送你那位所谓爱人的回女生宿舍的了。"

他想到时嘴角没法抑止地浮上一点轻蔑的笑。

"这算爱上——不是你需要她，不是他不能没有你，是她需要一个男的，你需要一个女的，不，不，连这个需要也没有，是你们觉得在学校好像要成双作对的一个朦胧而近乎糊涂的意识塞住你们的耳朵，于是你们，你们这些混蛋，来做侮辱爱字的工作了！写两封自什么萧伯纳的情书之类的纸上抄来的信，偷偷摸摸地一同吃吃饭，看看电影，慢慢地小家小气地成双作对的了，你们去暗就明，嗳嗜！

"你们爱着的人必需每人想一想，我这是不是爱，《雷雨》里的周萍还有进天堂的资格。

"维系你们的是什么？

"你们随时都可以拆散，而且应该拆散。"

"你说，你们的所谓爱是不是懒？懒！任何事情你们不往深处去，是可耻的下流！"

"维系你们的是一个不成文法的名义，这名义担住你们这些糊涂的罪犯。"

"你们必须知道，你们玷污了这个字令别人多么伤心？哼！"

姓荀的莫名其妙地动了肝火，不择词句地向自己数说一通。那位小生早已进了房间算他今天用了多少钱去了。

四、方寸之木高于城楼

——谨以此章献与常以破落的贵族的心情娱乐自己（即别人）的郎化廊先生

记得小时候在一张包花生米的外国杂志上看见过一幅照片，照片的样式于今已不大记得起来，只见那人是躺着的，头在远处，脚在近处，那脚掌全部看见，简直比整个身体还大，觉得非常奇怪。长大了些，中学时有美术课，看见先生画一张静物，一个板儿栗居然比一个花瓶大，盖前者在前而后者在后，忠实则有训练的眼睛便见出如此情景。见怪不怪，其怪自败，我似乎已经领会得，比读到庄子上的话也竟然与科学方法触类旁通起来，虽然知道庄生的意思大概不必与我所见略同。郎化廊先生是个颇有意思的人物，常画莫名其妙的画，总不外一个头发极长的人，那人不说话，于是让他嘴里有一支烟斗，免得他太寂寞。画来画去，只在头发的曲直，烟斗的方圆上来翻花样。说句良心话，画实在没有什么奥妙，不过能令主客快乐，倒是人生里闪光的一点东西。郎化廊先生的功夫大半花在画题上，画只是可有可无的。画题真有好的，我那天陪苟先生到郎先生的残象的雅致的画室里去看郎先生的画展，我不明白他二人相识不，礼多人不怪，替他们介绍一番，大家似乎有点宿缘，一见就很投机，郎先生当场画了一张画送给苟先生，题曰"方寸之木，高于城楼"，不知是什么道理，就一直记着，他咀嚼这两句话的声音简直如别人吃口香糖一样。并且一记起这两句话，就想起咫尺天涯的友人，就记起他吞食波特莱尔的样子。

波特莱尔，一头披着黑毛的狮子。

诸位将说我有点神情恍惚，把前头的线索忘了，随便撩几句，又引导一条支流了，不然，苟现在的确又想到草木城楼了，这是眼前实物，是他走进校门后看见的。

他们的学校在城外，每当夕阳无限好，北门的望京楼像一幅剪影地站在彩云上，气概犹如曹孟德。现在城楼不大看得见，摩擦他的知觉的是护城河的涛声。护城河老了，早就干枯了感情，如一个僵木的老人了。若是有一点流活的，那是园丁郝老老浇的：这城河如今改成农业改良所的苗圃了，下面种了不少树子秧，尤加利与马尾松都有，虽然年事不大感慨可特别多，一有风吹，便作涛吟，颇能震撼脆弱的人的心魂。

说到草，他是随便想起，至于他为何想起，不知。

这学校的草比什么都多，青赭黄绿宣传着更替的季节。蓊蓊郁郁，生意盎茂得非常荒凉。"城春草木深，"这句好诗写在这里。狗尾草，竹节草，顽固得毫不在情理的巴根草，流浪天涯的王孙草，以不同的姓名籍贯在这里现形。一种没有悲哀与记忆的无枝无叶的草开着淡蓝的小星一样的花，令人想起小寡妇的发蓝耳环。秋蓼在子子的家乡栖侧，开了花，放了叶，全如营养不足的人失眠后的眼白与眼窝，叫一个假渔人放不下无钩的钓竿。紫藕在劣等遗传的蜘蛛的乱网间无望地等待自己的叶子发红。紫地丁，黄地丁，全是痨病。喇叭花永远也吹不出什么希望。一个像糊涂打手的无礼貌的三尺高的植物的花简直是一些充脓的痂疤。还有一种叶片上有毒刺的蜂螫草，晨晚都发散一种怪气味……

多着呢，说也说不清，这里像个收容所，不拒绝任何品性的来寄居。

这里的草一小时以前与一小时之后不改什么样子，但如果一个人离开这儿三天，再回来一看，你会记起一句沧桑的古话。旧的去了，新的来了，也总还是那个样子，它能盘踞了这么些日子了，想彻底芟夷又似乎不可能，管这片草的园工又是一个爱说空话毫无气力的人，他除了弄几个钱把自己打扮打扮（他的年纪并不大）外，什么道理也不懂。其实真要这些草像样，必需草儿们自己来，它们似乎要记得这么一块广地不能让它们来平白糟蹋，连一朵像样的花都不生长！

苟停立于一座木桥上想了不少时候，自己忽然觉得非常惭愧。

"临表涕泣，不知所云。"

他走上那条在明明德的路了。

五、图案生活

四堵长墙围住一块大地。八尺宽的大门开在两棵活了十年左右的大树下面。那门就是苟刚进去了，门是极菲的木板钉成的，推敲的次数太多了，常有破滥摧散的情事发生："关上，比开着看见的太多"在这门上写得非常自然现实。墙是土墙，砌法至为原始，就地取泥倒在四块活动的木板夹起来的方匣儿里捶压而成的，不淋雨，不吹风，而晒太阳就是天衣无缝，否则一倒四五丈。但是你打量打量进出其间的人脸，都染有点书香剑气，在战国时代当得起"士"的称呼。不是你重行看看那块黑底白字的招牌就不得不觉得黑的愈黑，白的愈白了。

荀走进大门，看过那样"小生"，踏上正路，觉得心里有点什么，小立半晌，令人无从会心，他自己也不明白了。回头看看那两棵树，很看不起地想：不开花，不结实，不能为栋梁，为车辐，倒长得扶疏挺拔的。生命给你们生存的理由。当下他似乎悲天悯人地原谅它们了。觉得自己平素气量太窄，很过意不去了。

这一想使他心里平衡清洁。再也拿不起屠刀，走在路上也文质彬彬，与草木虫鱼都和气。

眼前一黑，并非头晕，是熄灯号之后关灯之前的警号，再有明文上的十五分钟，表现上的卅分钟的时候便该真黑了。不过他用不着赶忙。现在距离他的床至多也没有三十步，而每步怎样也用不了一分钟是他不用想就知道的。

刚打开被窝，一想，我今天有没有信，在尚未寻找与询问之前先想，还是先想没有的好。若真没有是意中事，若是有，岂不出乎意料。人常作如是想便免了许多失望的苦恼。想完了这一段话，着手找了。

"你没有信。"

说话的人竟不知道自己比一个报丧的更不讨喜。

"唔。"

摆摆两手，还耸耸肩，这一"唔"的含意数不清了。足见免得失望的方法不是放开希望。在这一唔的声音尚未完全播出窗子的时候，一个笑脸后面堆上许多笑脸了：

"荀，麻烦，大笔一挥。哪儿？就这儿，我给研墨，纸。"

"麻烦了，吓。"

荀一皱眉。笑着的脸视而不见，不理会。

这几副笑脸的主人将于暑假中找事，现在已是暑假的前夜了。谁都知道，需要最多，薪津最多，事务最无枝蔓的是会计人员。诸同学都有志会计，但学校里不发"该生已修会计，可以发卖"的证件，这是疏忽的地方。但他们都很聪明，有人找到四年前某上海私立会计学校的肄业证件，找熟铺子镌个印，照样发他几十张好了。

而缮写证件是早就看上了荀的，荀的字不坏，且在他们眼里他是个极随和的人。

"放着，等下写。"

"蜡烛，谁有，捐一两根？火柴。你喝水？"

又皱一皱眉。抓起笔，在砚台上蘸了蘸又滚了滚，看看。

"还好？还好，还好。"笑脸其一自说自答。

"好！是有一手，这字，唉。"

"唉，这字，好！"

"大方。"

"唉。"

"唉。"

"谢谢。"

"谢谢。"

"明天请客，一人一块钱。"

"等我们找到事，请客，请客，没有问题。主任。股长。"

"主任，主任吗！"

…………

荀铺了床，想看点书，找了一本，是一本关于古墓的发掘的。这书是他喜欢的，但拿上手一会儿，巴——

一下摔了。在没有觉得生气之前已经生气了。

他立在床前，两手叉腰，气势俨然，闭起上下唇，呼了几口气之后，用力一捺手，像在一个恐怖之前的镇静地跨开步子，很快地走出宿舍的门，他的步子又重又大，像是让人知道。

踏着踏不乱的树影（校舍里也有树，半是松树，当是昔日植在石马翁仲间的；半是榆槐，是新近栽的），踢着踢不破的草上风，一路上没有理智情感只有动作地到了图书馆前的那片广坪上，往萋萋绿草上这么一睡，曲肱而枕之，并不颓唐。

他闭上眼睛又睁开（也可能是睁开了又闭上，这个周期很难结算），闪亮像一个大雷。

泻进他的襟子里，跟我们把小麦收进仓一样。

"唉图案呀。

"我们这校舍，五六十个等量面积，日月星斗，三辰之光，投射一片等重的阴阳，马牛鸡犬乱不了角度方寸，它们只是一两滴不知趣的颜色而已。不依规矩，自成方圆。

"我倒想掇拾一点昨天的呼哨，隔宿鞭声，不管是鞭石鞭羊。你说，难道是我扯且拍在电影上不是一个美国牧场吗？风吹草动见牛羊，平凡的人不禁有胡风塞马之思，然而眼前没有，有，看也是令人伤心的事：被牧的是猪，牧之者其为牧猪奴？

"图案，图案，不是织在布上的图案，不是印在纸上的图案，是一张刚着了第一遍颜色的成稿，匠心工具都不精良，图案之不美原是难怪的。

"现在，灯黑了，煤炉的烟囱飞出些无人理睬的神秘了。有人点蜡烛，日暮汉宫传蜡，青烟散入五侯家。呸！——

"谈生意经的该收拾起满口行话了。那些上海人。

"姓徐的与姓卜的两个人的政论该急转直下地归于一点才好，不然他们要彼此难堪了。

"考会计员的诸兄也停止计算一百八加五十减六十元伙食尚余多少吧，真辛苦了。你们该在尚未来得及说'我要睡了'之前便钻进梦里去。

"还有鲁先生，你年高书厚的，别人费灯油哇。我告诉你一个故事：从前有家农户，兄弟两个，一般谨慎，长大了各娶了妻子，也一样懂得尊敬钱钞，后来他们分了家，当然一切都上天平称过，公平得没法再公平了。几年之后，老大比老二多买了一条牛。为什么，因为老大每晚点灯只用一根灯草，而老二则用两根。你想想吧，一根灯草，一条牛哩！

"鲁先生，你该把你存的鸡蛋一个一个，仔仔细细检验一遍，再一个一个，仔仔细细放入坛子里，封好，藏好。你也该拿镜子照照脸，照照牙证明牙用盐刷的确比用牙粉更会白得快。而最后你该在床头下拿出一个罐子，端详端详，揭开盖子，用筷子在里拣了又拣，拣出一块方方正正的红烧肉，很惋惜地吞入口里，你煮了这肉是想吃进一块长出两块的。你该安排被褥睡了吧，哦，哦，我哪能忘了，你有件大事没做哩，你得出去，到四处走一遭，把墙上的日报，旧布告，一切可撕的纸撕下来，裁成小方块儿，用铁丝穿起来，挂在桌角，起草，揩鼻涕，都甚方便。鲁先生，我那位自命老牛皮条子（榨不出一点油水）的大伯父如果见了你也一定会佩服。你也该睡了吧。你梦到一条航空奖券捏在你手里，我祝你。

"嗯。一个五颜六色奇臭奇熏的池子不断发酵了，你们的鼾声煮熟你们的志气了，煮，煮，一锅腐肉，一瓮陈糟，阿门！"

一只知更鸟衔来一声汽笛的嘶叫，枕木、钢轨咬着牙等待着，火车过去了，却又留给他们一片回音。

"火车，火车，火车过去了，沙宁，勇敢地，英雄，你跳下月台！

"可是，天还是黑蒙蒙，月亮只使它更黑了。

"天亮了。天亮了又怎么，更坏，更坏。

"没有一片金黄的草原来迎接我。我想点起火，一篝圣火。然而没有，没有，火在零下卅度的地方发不出光，火，在遥远的地方！"

荀疲倦了，他抓住一把野株兰合上了眼睛，一群小仙女用吻给他合了，从明天起，他只有一半活在时间与空间里了。

六、故事的主人公致作者的信

敬爱的朋友西门鱼先生：

我仿佛是注定了要写这封信给你。不过在写下第一个字时便已知道我这信一定把我要说的话走了样。不论是较好或较坏，都不是原来的样子。有些话起初想说而没有说，有些话本不想说却又墙头草一样的不知是怎么风吹来了，有些话想说，也说出来，而且生理上起了变化令人有见了别离了二三十年的儿子的母亲的心情。这是动笔人的常事，我相信，先生写完了《匹夫》不能不与我有同感。

我们谢谢你，你用我来做这个故事的连锁关节，虽然你无心为我作起居言行录，我也正不希望你那样。所以我不送我的日记给你作参考就毋庸遗憾了。

前两月我认识一位"新诗"时代的老年轻诗人，我们真有点一见如故，我很喜欢他的脾气。我们大家都会聊天，一聊就忘了时间的生灭。一回他谈起我的一位先生，说他人极可爱，却有一点不好，每每把相熟的人写到他的小说里去，一写进小说，虽然态度很好，总不免有点褒贬存在其间，令人不感快活。诗人的话我不同意。当时却也没有跟他辩论。

我也感谢你不用太史公夹叙夹议的笔法，但如果你真这样，我并不反对。

第一，你动手描画那个人，必须对他了解，即使并不了解，也至少具有了解的勇气与诚心。这，还不值得感谢吗？对于一个人性的探险者我们必须慰问。因此写小说实在是个高贵的职业，如果写小说也算得是职业。我们这个国度的气候真不佳，了解的温情开不了花，多有几个想写小说的，哪怕，写小说的呢，我们的国度将会美丽些。

再说，写小说不在熟人里讨材料，难道倒去随便拉两个陌生人来吗！这一点起码是我们应该给一个作家的。

写得像，是你，忠实。写得不像，不是你，算他本领差。

恭维得当，聪明，奚落几句能恰到好处，大家应相视一笑算得朋友。叫拍照的不要拍出脸上的麻疤那不免是乡下大姑娘的小气，不足取法。而且，对不起，正因为要使他像你，那个麻疤或许要夸大一点渲染一下。你要是计较这些，那是寻找错了人。

被写的人通常最怕人讽刺。关于讽刺，鲁宾孙的心理的改造上有一段说得极好，原文记不清，不具引，现在但说我一点意思。

有人说一切小说都是自传，这是真话，没有一个人物是不经过作者的自己的揉掺而会活在纸上的。作者愈尖刻，愈表示作者了解得深精，作者必先寄以同情，甚至喜欢，然后人物方会有人间烟火气，甚至，没有人间烟火气。字典上所以同时有骂人与讽刺两个词汇是不难明白的。

再者，若是有些人一直是以被讽刺为生活的，那更该感谢讽刺的人，因为你们必须依赖别人的讽刺才能活下来。他给你们一个生活的口实。不然你们必须自杀以谢人类的理由更大了。我教给你们，如果下次有人问你们就你们凭什么也以人类的名分来吃这份粮食，"没有你们世界不更好些吗？"你们可以说："我们可以给人讽刺。"

　　好了，我好像是知道你要将我的信发表乘机来宣教了，我知道这事瞒不过先生慧眼。

　　已经糟蹋了不少篇幅，有话也不能再说，何况没有话，所有的话都在题目里了。再见。

苟一二年八月底

待 车

书放在映着许多倒影的漆桌上。烫金字的书脊在桌面上造成一条低低的隧道。分在两边的纸叶形成一个完全的对称。不用什么东西镇住，也不致把角上的单数号码变成双数的或把双数的变为单数。平平帖帖，如被一只美丽的手梳得极好的柔润的发。应当恰是半本的地方。

下午渐渐淡没了。如一杯冲过太多次的茶，即使叶子是极好的。

云自东方来，自西方来，南方来，北方来，云自四方来。云要向四方散去。

将晚的车上堆积的影子太多了，是的，将晚的车上堆积的烟灰太多了。风和太阳把两边的树绿尽向车上倾泻，弄得车里车外淋淋漓漓。因此，车拼着命跑。可不是，表的声息都弱了。如落花，表的声息积满一室，又飘着，上上下下，如柳絮呢。

只要是吹的，不论是什么风。

风吹着春天，好轻好轻。

车过了一站，又过了一站。

向自己说"先生，你请坐吧。你累了呢。是呀，你忙得很。你老是跑来跑去的，真是！"

又咕咕地向自己笑了。且莫笑，好好儿坐着。椅子是一个好主人，它多么诚恳，多么殷勤。尤其对于一个单身的人，单身向天尽头走去的旅客。

像叶柄承托住树叶一样，用最舒泰最自然的姿势坐着。脚也离开地板。像坐在水上，坐在云上，云与水款款地流动在身下。

书，随便挑一本看看的，也竟似很用功了。一口气看了个大半本。

书帮助我们过了多少日子，一叶又一叶地从手指头翻过去。

我们常在灯下大声读书，从前。我的声音若是高出了你的，你看一看我，低头拂一拂头发便用更高的声音赶过了我。我们在草地上读书，在大树下读书，在冰湄，在花间，在火车上，还在待车室里。你看，云的影子从我的书上掠过去了，你看呐，它飞，飞过草场了。草场上有花牛刍料，流动云影的清风，洗了它的背，又洗了它项间的铃与铃的声音。

我的舌头沿着唇边舔过了，刚才吃过的糖的残留的味道。

还早呢。啊，书上的字全没有了。它们飞出去了，像到室里来啄食的小雀一样飞出去了，剩得一方模糊的白色，怎么？一两分钟里天竟暗了。尾瓦上有羽毛的声音，窗外原来就下着雨。一天如玉屑般的小水珠。江南黄梅天气。火车前面的巨灯照在雨里一定好看极了。一声汽笛，火车压地驶过，天是那么灰灰的，看来却异样的白。火车喷出的白云怕也不是在丝质的蓝天下一般颜色了吧。车上人不会知道。窗子落下，玻璃上极微细的琮铮，像小雨吸进厚绒的帷子里了。

取下一个小皮包，想下站时要不要换一双鞋。打开箱子，箱子里的什么东西衔着人的思想飞出去了。想着，小包又无端被关上，如一只乖巧的小猫，如一只团团的小猫一样的头，睡在主人的两膝间。车上已暗，一些箱笼如梦中的云海中的山树。有什么事可做？抽一支烟吧。烟头的红火如萤火虫飞在五月的灌木林际。

——车上开了灯，先生！——噢。

抽一支烟吧，烟头红火如萤火虫飞在五月的故乡。

"你在看书？天都黑了呢，又不许开灯，不爱惜眼睛。我开。"

"你开你开，我不看了。莫开，你看蓝天边那颗大星！莫开莫开。"

"你看吧，让星星陪你，永远陪你。"

——啪地关上窗子，拉上帷子。

"笑什么，我不是星！"

你不是星星。恒星有时也陨落，在太空中成一片火，一片灰，不留一屑屑什么。不陨落的自然不是星。

车过了一站又过一站，车载得我们多远多远。

车上开灯了，小姐！——噢。

车上的灯光从窗口射出来，过去了，多快！快到那些树木不知道自己被光照过。待一切车全过去，它们一回想，某个时刻我仿佛被照过的，对，"是"照过，不是"仿佛"。

南方多灌木林，多火车，火车多窗。南方又多楼房，楼亦多窗。什么时候我也该住到一间小楼里，哪怕是一个旅馆也好，只要稍稍长久一点，有个安顿。难道我能一辈子在车上过日过夜吗？

"现在若是从一个窗户里有光照出来，我一定知道，一株灌木移植到另一个南方来了，我等待一个新的仿佛呢。"

雨落着，落在一个小小院落里。室内静极，编织毛线是没有声音的。不但这时候，平日这小院落也是极静的。没有人大声说话。也没人像从前一样大声读书。这时候，画眉鸟的嘴也不是用来唱歌的。聪明在沉默中。

而现在，雨落着。瓦上有羽毛刮扫的声息和一种神秘的声息。青色的灯应当正照着青衣的人。

车在雨中奔驰。鞋到底换上了。街石在灯光下发亮，一街的人都换了鞋，从火车上下来的脚多半湿了，换了鞋的觉得自己特别干松，于是走得比谁都快。

敲门了。

"谁？"——"我。"——"我吗，我在家里！"

"你这人！我说把雨衣带在箱子里，才多重，'没几天，不带！' 不带！看看，头发上的水都滴到人脸上了。"

门开了，又关上，（假定没有仆人吧）开门的听敲门的关门。

一个年轻，不懂事，一个年轻懂事太多。因此常受埋怨，为感谢报答这种埋怨，于是更不懂事。

雨落着，但江南正有极好的春天。

因为想不出什么事情做，把买来准备在火车上看的书拿出来看看。一看，半本就翻过去了。"唉，怎么办呢，明天？"看看装订得那么好，印刷得那么好，简直是专为送人用的。一个人随随便便地竟看得一半本了，真不应该——合起来，合起来。躺到床上去胡思乱想一阵吧。时间多呢。

春假一放，学校便显得特别大。宿舍，课室，连那个空场子，都放大了。假前一日，同学都走尽了。所有的床上全是光光的，只有一张床却好好地铺着。一个白绸的大枕头，满绣着花朵，我的头发埋在各种花朵里。花在放了。秘密地展开了瓣子。

我明天也要走了。但若是明天下雨，便可托词不走。我真希望下雨。

雨落着，钢轨接榫处，有些地方一定已经绣起黄色的小斑。

路警把身子藏在油布雨衣里，在水泥月台上踯躅，往来逡巡，发现了许多，只不曾发现过自己。

车站前小花圃里的美人蕉花朵红艳艳的，而枯的仍不减其枯。待车人抽着烟，只想着江南好春天，即使有风有细雨。

校园里的鸟声像一缸蜜，越来越浓。鱼在池里唼喋水面浮萍，浮萍上有小小虫子。剪草的工役在草上睡得又香又甜，是梦见故乡秋田里的歌声，歌声像一片素色的大蝴蝶的影逗着他。

"就走吗？"

见鬼！看看表，早着哩，又被自己捉弄了一次。笑了笑。干什么呢？行李不须多带，小皮包里的东西理了又理，再没什么可理的了。过的是种什么日子，真令人发愁。

太阳自窗间照到白被单上，经过几度筛滤，浓淡斑驳不一，依稀可以辨认交疏的枝叶，重叠的瓣子。一只蜜蜂在上面画过一道青色的线，曲折迂回，它是醉了。云一过，图画便模糊一两分钟。

——明天。

来回票几天期限？

"你来？"

"送人。"

为什么不好好地睡觉！好，我买票去，等下陪你送人。

车站，月台，路警，上车，小小手绢，在空中摇着；间或有一点眼泪，也干了。车头吼着走了，上面和侧面同时喷出白云，白云，白云。……书放在桌上，分在两边的纸叶形成一个完全的对称。

云自东方来，云自四方来。云自心上来。

风吹着春天，好轻好轻。

风和太阳把两旁的树绿尽向车上倾泼，车里车外，淋淋漓漓。

我们这一月旅行，你说，到哪儿去好，我不说，有你的地方都好。

笑什么，我不是星星。你是！星星被我摘来了。

花落在一个小小庭院里，绿纱窗，厚绒帷子，静极。

…………

"嗐大白天做梦！叫了两声都不听见。想什么，告诉我，告诉我。"

"不告诉你。你想我应当想什么？"

"不告诉我，谁稀罕，我自己也会想，看谁想得美。——这就走？"

还是"这就走"，好笑，好笑，不告诉，这是个多美的秘密。

江南三月，莺飞草长，杂花生树……飞的是"莺"，是"心"？

仰面躺在软软的绿草上，听溪水活活，江水浩浩，那么有韵律地响着，就像流在草下面，隔岸野花一片，芳香如梦，不惮远迢迢飞过来。一只小小青色蚱蜢跳到胸上，毛手毛脚的搔得人怪痒痒的，一把捏住后腿，一松，看它飞过那边去，落在另一个胸脯上了。

"啊，什么呀？人家正想着事情。"

"谁知道，春天的东西。你怎样不说话呢？"

"说什么。你一早就走，明见？"

"在你未醒之前，也许，在你睡了之后。"

"今天夜车？"

"到家正好天明，一家人都盼着我。哎，你看这鹈鸪鸪。"

"你听它们叫，若是双声，便要下雨了。雨天路很不好走。"

"如果一天白云是黑云。——谁知道鸟的眼睛！"

远远有歌声，不知是山上的，是水上的，清亮绵缠，是有意唱给人听的，想想那个聪明的该挨骂挨嗔的眼睛，便折了几根狗尾巴草咬在牙唇间。狗尾巴草使人不得不笑。

"别躲，我看见你笑。"

"为什么看我？我不喜欢。我笑什么？知道了才许看。"

"我吗，笑那作歌的人。"

"我只好笑听歌的人了。我笑火车，笑江水，笑鹁鸪鸪，还笑云。有意无心地飞，好个洒脱人生观！"

"别笑云，云没有黑，天倒黑了。六点钟的车就快要大声说再见了，难道真赶最后一班车吗？夜总是凉的。站上扫地的人多凄清，车走了，人走了，月台上的灯太亮。"

自江边回到城里，五点半，赶到车站至少二十五分钟，算了，难道赶最后一班车？落花声中，读完了那本书。

明天，一早上车站。不是等车，是等人，人却先来了。

"你来做什么？"

"送人。"

"好，我买票去，一会儿陪你送人。"

"票买好了，来回票限期十天，你一定来。车六点四十分开，第一班。

"这是一盒吃的糖，足够陪你到家。

"这是一本书，车上看。

"刚才卖花的来，只有茉莉还有蕾子，可以养在汝窑盂子里。五朵排成一串，我买了十串，一天换一串簪着玩。噢，上车吧。还有五分钟。"

车快开时，忽然记起一件事，打开箱子，放进一本书，又拿出一本书，在两本书里各拿出一封信。忽然又一想，忙跳下车。

"你把茉莉花全扔了吧。"

"怎么？——噢。"

五年前在待车室里发了一个电报之后又写了一封快信：

"父亲：

这里有一种极美的花，每年只在这个时节开一次，开不了八九天，到春假完了时花也完了，容我盘玩几日吧。你愿意我有个好春天，所以我不回来了。"

"先生，车不开了。"

"不开最好，好极了，——啊，不开了？为什么？"

"不大清楚，谁知道为什么呢！"

侍役说完了话，竟自走了。待车室玻璃窗上全是水，外间景物模糊，如一个满眼泪水的人所看见的天地一样。路警对于车辆太熟悉了，全不发生兴趣，在泥与水的月台上来往地走，黑色的雨衣沙沙地发声。

我怎么办呢。

回去。没有雨鞋，没有雨伞，头发里的水流到脖子里。好像回不去。

回去，用一张素纸写了"待车室"三字贴在墙上。

灯下大声读书。我的声音若是高出了你，你看一看我，低头拂一拂头发，便用更高的声音赶过了我。如今"我"也是我，"你"也是我，一个在镜子里，一个在镜子外。

书帮助我们过了多少日子，读着，又平放在桌上。

先生，你请坐坐吧。你累了呢。是呀，你忙得很。你一天到晚老是跑来跑去的，真是！椅子是多么好一个主人呀，它多么诚恳，多么殷勤。

十二月十二日改抄

谁是错的

生命的距离：因为这点距离，一个人会
成为疯子。另一个呢，永远是好人。

我想，我必须去找一找路先生，向他详详细
细地解释清楚。一下午来，我摆不开这件
事。我像穿了双挤脚的鞋子，或系了条差不多就快断了
的裤带。这桩事就如个影子，即使我不注视，它依然存
在。像一根刺签在我心上，老拔不去。太阳照在窗前，
一下午了！不，我一离开路先生，一说完那句话，便像
雾掩住的山，那么张皇失措。原来我被自己不小心的几
句话带到雾里来了。

一个下午我把自己关闭在小楼上。

一个人做错了事再也没法补偿。路先生本是个十足好人，他那么善良地问我好，问我久无消息的弟弟的近况，问我毫不在意自己衰老的父亲半年来的生涯，而我，我是多么恶毒呀，我说了那几句话，更罪过的是，我说完了那几句话时，至少正说那几句话时，还很得意！有什么值得得意？为的是我的讽刺天才还是别的？想想真难受。我向自己说："不要想吧，傻东西。"可是，不成，只有那么老想着，我好像才可以得救。只有令自己受点苦，才可以减少一点不安。年轻人，年轻人，就是这么一个心，没办法的事情！

路先生实在是个好人。

他那个白得透明的脸，同样半透明的细长手指，他的柔顺的头发，细致端正的前额，他的手杖，他的帽子，他的外衣，一切凑拢来便成一个完美和谐的慈祥。每个早晨他的轻呢外衣飘动在公园的柳树绿色小风中，令我想起许多生命成熟的正经人。他一切好，只有左耳下有个樱桃大的小瘤，好像和生命或身份不大调和，悬缀在那个地方。

他那么关心地问我父亲："他一定很好，乡下的水流使他更平静，平静使他不想写什么信，春天了，水涨了，没了那个小石阶的最下两级，石级在水里将隐居不少日子，直到秧针发黄。鲤鱼的肚皮已经白了，它们的眼睛也不那么显著了。已经大得会大胆来触动钩上的饵，会舔洗衣人的腿了，他可以看鱼，直到它们游到很远的河里，唵，他会沿着河边，走到开满的蒿花同菜园上，哦，马兰可以吃了，牛啃着芦芽，白蝴蝶打着圈子，蜜蜂呐，多呀，多，他可以在你那个最小的妹妹吃了饭都半点钟了才回家。"

他慢慢地说，简直一沟水似的，春天的溪水，那会完结？不激动不用奢侈的词句，那么温蔼地说下去，我听着，看着他的脸，直到他说："时候还早，你没有事吧？坐下，谈谈，石凳上，或草地里，年轻人，随便一点，不用拘谨害出病来！白鹭，嗳，那个白鹭，——"我忙打断了他，一个字，一个字，丝毫不踟蹰地如数把想了半天的句子说出，他才没有再说下去。因为不待他有开口机会，我扭头便走了。

我走得很快，根本没意识到草磨滑了我的鞋底，自然更不理会他如何处理自己。

我很快，轻飘而又严肃地走了。我说过，我很得意地走了。

他一定待在那里，摇摇头，点着他的手杖，突然感到衰弱，全身依靠手杖扶他回去。半白的头发，原来梳得很好，一定会被手指搔得乱蓬蓬的。他一定想：年轻人，还要革命，这就是"革命"，争的是自己说话动手机会。

他会不知如何走进他的房间里去，若不是那些路已经太熟。

他的外衣垂下了，不再飘扬。

他半天忘记抽烟，直到手捉住烟斗。

他应当会油然而兴叹起："老了，人老了，什么都凝固在习惯上。"因此也还找个理由原谅年轻人的冒失。

虽然我没有看见，这些全是我设想的。但我可以断定这些小小细微情节，什么也不会错。我想来这是照例的，一切又都是命定的。

我能不难受吗，使这样一个年高有德的父执如此难堪？我说的是什么话呀，我一时之间真叫鬼迷住了。

我就那么幽闭在小楼中，小楼又幽闭在大树的风雨之声中。我看见一只细腰长脚蜂在檐口椽上营窠，看它飞了来，又飞了去，不知道多少次。

我想，我秉承父亲的遗传，二十几年来都是极良善的。我并不可惜这点良善的本真一朝被那几句傻话给毁了去，我只想，怎么办，使这个长者不怪我，不必因几句傻话见怪，一切还依旧照常，在老年人的梦里，还记起"东床坦腹"的故事。我的几句话也正出于无心！

我上午出去本想买点樱桃的，琳的小几上有个大白盘子，装了千百颗水和唇的味合制的珊瑚珠子，该是多么好看，琳是路先生最小的女儿。但是，我没有买樱桃。我想，不成不成，这一切都完了，鬼教我犯了罪，于是，什么都完了。一点不祥之感又一直把我送回来，送到这孤寂的小楼上，使我着急发疯。

樱桃在白色大盘子里，她一个一个地吃。甜东西吃得太多了，便泛酸，她忽然皱了皱眉毛，又柔声地笑了，露出两排白牙齿。她穿过一件樱桃色的上衣，走到什么颜色里都极其鲜明，轮廓绝不模糊。她有一把伞，底子颜色也像一盘樱桃。她是因此而喜欢吃樱桃，或因樱桃而挑上这种颜色，我没有问过；但我似乎从此便常惦记这种浑圆的果子。春天一来，我更等着。

看她吃东西就是一种幸福。那是她人格的一部分，身份一部分，像路先生的外衣一样，那么优美。不过不相同的是或使人爱好，或使人尊敬。难道这是我的事？分别这个不同，有什么意思！

小楼，该死的教育我的小楼啊。

我用左手支住额角，看着肘部，它渐渐瘦了。我的眼睛花了，拿开手，我的眼睛更花了。我怎么办？这时节若有个无线电收音器，上面说："国货公司毛巾好，爱国的人应该买一条。"也许就救了我。宗教条规或政治信仰在世界上还能发生作用，就是为这种失去主意的心而预备的。

我想抽一支烟，拿起火柴。

暗蓝色和黑色，土红色，干枯或浓得像鼾声的笔触组成的饰画。骑士，狮子，一行图案字，火柴在我的手指间沉思了，不假思索地一划，紫石英一样的火烧在我的手指间，杨木棒上蜡脂翻着沫，我的烟毫无道理地点上了，我的嘴唇不置可否地含住它。浓烟从两个鼻孔里流出来。

一切都是那么单纯，那么简单。

不行，我的苦痛快超过我的罪恶了，还得去，得去向路先生解释一切，请求他原谅。我需要这点勇气，我一向做事做人很果决，我拉开门，认真地走出去。并且，我还打量要带一包樱桃去，两磅重一包。

一路上，我直温诵我要说的话，又想着我要送琳的那个礼物，在吃那个时也正嚼到我一点过去的生命，过去的梦，我需要的正是这么一件事。

我走得很快，比上午还快，以致一气走过六条街，伸手叩路先生的门环时，才知道是到了。可是我没有买好樱桃，我油然记起我从好几家水果店走过，红红的，都有一筐筐樱桃。

但我决不管它了，只要能向路先生解释清楚，樱桃生在树上，或放在筐里，或向一个人口中送去，对于我全是一样的。

路先生见我来了，一把就握住我的手，我不遑顾别的一切，只觉得他的手更较往日柔滑，也较往日温暖。我一直引他到那个小花园里。

我用力压下感情，平平静静地向他解释自己那点莽撞处。

"今天上午，我心情很不好。夜来，我做了一个梦，梦见父亲用个大棒子打我一顿，又好像用米达尺，完全和我七岁受的处罚一样。他老了没有，打得重不重，我痛不痛，在什么地方打的，当时有谁在场看见，我一概记不清楚，说不分明。只记得他打了我，梦也只是这么一点，那是一定的完全真的。我醒来又睡着了，这梦还又重复了一次，我很难过。我纳闷的是新做了什么错事，犯了什么罪，值得老人家处罚。"

他似乎要说什么，我用动作止住了他。

"我心里很难过。究竟不知道我为什么要做这个梦。

伯伯知道，父亲一生就打过我一次，在我七岁时，用一个紫檀牙板，我鼻子碰在桌沿上，出了血，吓得他忙着替我止血，又忙用牛皮糖哄我。这事情一直当成母亲说笑的资料，一直到她死。此后这件事就不复有人提起了。

"我很难受。这个梦自然也莫名其妙，但我的难受无疑是从这里发源的，我很难受，您大概从我的衣裳上便看出来，所以您才拉住我说话，在公园里。"

他以为我的话还很长，似乎纵不说也明白那是什么，不愿让我说下去。他怕我把难受再上一次色，更难于消磨。他要我坐下来歇歇，我连忙接下去说，还提高了声音。

"我一整天都不知所措，伯伯您不明白，我心乱极了，但不是因为那个梦了。我难受到极点，而您偏偏不断地说我父亲，父亲，父亲！

"我因此看着您，在您身上发现那个不必要的，您的左耳下的那个肉瘤，我说，这是多余的。"

我真是错上加错。我也许想把这几个字轻一点说，含糊一点说。但终于又响亮又清晰地说出。我看看他有什么反应。他一点都不为此有动于衷。但我不相信，他一定变了一下颜色，很快的，像天上一角扯个小闪。这可不是多余的。我说的话太多了。但怎么办，真正要说的一个字也还没有提起，我应当怎么说下去，就到那个题目上来？

"您那个肉瘤不住地动。我越看，它越动。哦，您原谅我。您不知道我是多么厌恶。我的厌恶由此而生，但是像蒲公英的花，开足了便离开根，满天飞。我的厌恶已经脱离原因而散播。我全身都浸在颤抖里。我实在忍不住，才说了那几句话。"

他掏出烟斗，装好烟，抽上了。微笑着说：

"你说了些什么呢？你实在并没有说什么呀。"

"我好像说过，你耳朵后的那个东西，在你是多余的。"

"本来是多余的！"

他的眼睛，他的烟，他的花白而柔软的头发，他的手杖，他的飘扬的外衣，一切都似乎在告诉我，他没有说谎。他和我一样，并不特别看重那个肉瘤，尽管相书上称这个东西主寿，还是多余的。我开始觉得脸上发热，喉头微痛，我不知怎么好了。可是我并不窘。在他面前的人决不会受窘。

我实在并没有说什么错话吗？我是不是这时起始来说几句错话呢？

谁
是
错
的

0
5
5

在柳树的风雨之声中，在蓝天底下，我们一同喝茶，直到天黑。琳知道我来了，不一会儿便走了来，大盘子里高高堆着好看又好吃的樱桃。我们喝茶，抽烟，吃樱桃，我说了不知多少傻话，算算看，几乎全说到了。

原来我并不是在路先生面前说错话难过，只是从无机会说一阵子傻话。

实在我从来没有这样愉快过。也许我有过比这更大的愉快，但不能像今天这样子。——虽然一点隽永深切的悲哀已经像水浸蚀河岸将要扩大开来。

路先生谈起我父亲许多的事，有些我知道得极详细，有些我竟一点也不知道。他谈我们那个村庄，那条河，也是一样。

临了，他跟我说，不要再一个人住在小楼上，最好搬个家，最好搬到他们那里去住，有一间小房子空着，只要装一盏灯就行了。等我想了半天，不知道为什么要想，好像一定要弄清楚了他说这个话的用意，完全弄清楚了，才能够决定一样。末了，自然说"好"。他似乎还怕我有什么事情可以带回去做成梦，拍拍我的肩膀，取下烟斗说："明天我要去割这个瘤。十多年了，以前天天想割，近来似乎懒了下来，不常想了。明天，明天一定要割，舍不得也要想办法割去。你事情不忙，和琳儿陪我去。"

离开了路先生，父女两人也许要把我当个题目，说许久笑话，琳还是一面吃樱桃一面笑。这可不关我的事了。无意中我摸摸我的下巴，摸到一粒小小东西：是粒樱桃核儿，淡黄的隐隐还可以看出一点绿影子，一点遗迹，属于春天的。我的这一粒是琳吐的。她大概看我傻，把吃剩的樱桃核儿，大半吐到我身上脸上，别的都落下去，只这一粒还固执地干沾在下巴上。我简直能记起它们怎样落下去，一粒一粒地落到草窝里。脸上的感觉也一时忘不了。路先生一定明白看到，但他什么也不说。父女两个都似无意又极有意！

我的心，似乎有个小小抽象的锚抛在抽象的石滩边，泊定了。我开始明白一个人发热时和神经病的关系。

三十一年四月十六日

谁是错的

0
5
7

唤　车

朋友送我到门口，我们的话也说完了。"好，再见"，"再见"，他转身走进了门，大概他一时想着一件什么事，于是我的一切已完全从他思想里让出一个地位，直到他碰上另一个熟人，因为说起某人今天来过时，才又于顷刻之间想起我的过访。我现刻已在门外了。曰生命仿佛一切重新起始。卖丁丁糖的敲过，卖羊肉的架子背过，空着两手的一个三十多岁的人的青布袍子也留过一路影子；对面高墙上的爬山虎正往下探头，太阳光漂着面前一片青石，巷子里有汲水声音溅泼；我又得走。我的疲倦油然醒了。今天一早上到现在，我差不多没住过脚，实在应当累了。当走过这朋友家时，我想，这可好了，今天的事算办完了，且进去坐下歇歇，喝一杯好好的茶。朋友房间布置雅洁而舒服，桌上案上小东小西，莫不有他的修养气度，渗入其间，令人生爱，忍不住摸摸这个，搬搬那个。浅米色楠木几前新挂一条墨竹，款识印章皆可引人入胜。随便谈谈事情，彼此意见极相投合，互有发明，一时把疲倦差不多都忘了。现在，我又得走！虽然是回家去，然而好长的一截路呀！我觉得肩膀酸起来，挺了挺腰，也振不起精神。总不成再进去坐一会儿。可是方才我说了家里等着我回去，而事实我再不回去，也必要耽误许多事情了。我终得走，我不走，时间依然从我身前身后悄悄地走了。

　　这个城真没有办法，街道都不知是哪一年修的。全城居民的鞋子，大概多因此比别地方人的更不经穿些。看他们鞋子式样的笨重结实，恐怕街道之坏已是很久远的事。而且坡路那么多，上上下下，真够麻烦！天未阴，地先阴，一下雨，脚就倒霉了。看今天蛮好的太阳，以为各处全去得了，然而前天下过雨，有点经验的一定都穿上套鞋，有几条街是活地狱！糟糕，想想沿路经过的几处泥淖，简直令人害怕手摔成个泥球儿可怎么好。而且，天哪，我手里这么些东东西西，瓶瓶罐罐，叮叮当当，不是我摔碎它就是它摔倒我，怎么办？那段众水之所归的巷子，通过时得从一块一块的摇摇晃晃的砖头石块上面踏过去，假如身体重心一歪，那笑话可大了。我看了看那些"不幸"一眼，它们全然不了解我，红的自红，绿的自绿，方的圆的依其形体存在，不想到全可能滚成一堆又脏又臭的泥团团，真是无可奈何；——还有，我带捧带抱的像个什么样子啊，它们性质用途形貌全不一致，放在一处显得多么滑稽，皆远不如各自放在橱窗里，挂在货架上，铺陈于摊头讨喜了！刚才一路买来不大觉得，现在这些东西才真讨厌得要命！从三多巷到德胜门，多远一段路！

　　——我坐辆车吧，"车！"我已经叫出了口。巷口正有一辆空车。我的眼光，声音，思想像三个戴白帽的浪头接着，前面的来了，后面的就推上来了。几乎难辨先后。

　　"哪里？"

　　"×××"

　　"请坐。"

　　车轮上还留下些水渍泥斑没有干去，车是才拉了客人来的。

　　一早上，车夫拉了车出去。火车站，旅馆，人家，街，巷，全城到处跑。"车！"——"哪里？"——

"×××"，立刻，他心上画出一条路线，从哪里，穿过哪里，拐弯，到了。"请坐！"车上是各样的人，各种东西。那是车夫所不计及的，他只是依自己的习惯，一拉起车杠就走，路上有人注意车座上一个女人的眼睛，或因为车板上一筐橘子，而想起已经秋深了，这样或那样都与他无关。他从不回过头来看一看，倒是此外从身边经过的事事物物，有时，画入他脑子里。留下个影子。

坐车客人有的要讲半天价钱，有的很大方给超过规定的钱，有人想真不得了，一个拉车的全月收入要抵两个大学教授，三个委任一级公务员，而公务员和教授就坐过这辆车，坐车的有的是赴宴去，有的赶回家，一切与他全都无关。不坐车时你在车下，坐了车他拉着走。他也从来不知字典上有个名词叫"人道主义"，一个大房子里正有人讨论这个问题，十分激烈。他知道一会儿有许多人出来，而那些人都一时心里必埋怨路道，他又可以有一个主顾。

太阳走过人定认为"中"的那一点上，街右的影子铺到街左，这个时候，若是夏天，街左的人一定多些，眼下人的意识不常常花在太阳上。然而下午毕竟是下午了。向这个城里来的人比出城人多，拉车的路径不免变了一点。"嚼口末橄榄喝口水，橄榄回甜想情哥。"车夫心里有张嘴和耳朵，自己的声音自己听到。完全是忽然而来地他唱出这两句。现在，他的车闲着。他身后若没有两个轮子，此刻他的样子不是一个车夫。他正很有兴味地欣赏对面笔店里的那个老头子，架着一副眼镜，在修弄一支"七紫三羊"。不是七紫三羊，就是"夺锦标"。

——五福子昨天去点痣，（他现在想起那个黑麻子脸上，一粒粒白点子，还忍不住自己与自己会心一笑）他说左眼底下那个最要不得，会克妻，我脸上也有几个痣，要去看看，不好就点掉它。

他眼睛暗了，想着一点什么。点了痣，他便会怎么样了。相命的都说不点会发生什么事，谁知道呢。点了到那时看不见那事来，不点到时候也未见得记起来。

"车！"

好像车就是他的名字，这一叫，马上教他这些不凝固的想头散了。

"先生哪里？"

"三多巷。"

这个地方原来就靠着车夫的家。

客人下了车，走进了一个门，车夫拖起车把，慢慢走到巷口，他已经看见自己的家了。一近门，他知道老婆在门里井边上洗衣裳，背上背着孩子。老婆也看见他了，手下稍微慢了一点。

他解开包被，抱过孩子，孩子觉得舒服得多了。老婆背上也轻了不少。她用水淋淋的手理上披下来的头发，车夫很满足地看着她年轻的身体，看着她脸上红。心中充满了怜惜。孩子嘴里咕噜什么了，他指着门口的车。车夫想，来，抱你坐坐车。

孩子在车上玩得十分快活。笑得令大人不解。

一只白粉蝶飞过他眼睛边。云推过来又推过去了，一片影子从巷子这头卷到那头，车夫朦朦胧胧想起一些事情。

卖丁丁糖的敲过，卖羊肉的架子背过，空着两手的一个三十多岁的人的青布袍子也留过一路影子。

今天一定记住。早就空了，茶籽油瓶。不要忘了，不要忘了，老是忘。她自己打去吧，偏又是南门庆来春的好。（他真喜欢那个油的气味，经验弄得他心里在狂）老子发财了，还要买香水精，香水精！还有，去看看，那个痣要不要点去了它。

"车！"

——我迟疑着，我坐不坐这辆车，等他一会儿，到他想走时再走还是……

"哪里？"

"德胜门。"

——我坐呢？不？等一等？

"请坐！"

我被他命令坐上了。他依照习惯搓搓手，利落一下了，拉起就走。孩子被母亲接过时，还只是狂笑。

车轮上的泥水还没有干。

坐在车上，我忘了疲倦，忘了那些瓶瓶罐罐，忘了朋友的家。车轮滚在不平衡的石路上，滚在气味不大好的泥淖里，滚过那条一汪积水的巷口。我没有想起我的家，我的静静的房间，我的靠背椅，茶，书。

（——嘻！茶籽油瓶，茶籽油瓶，又忘了，又忘了！）

"你怎么啦？哦，真不该让你买这么些东西，那么远的路，下回我陪你去。

"你来看看，××给你送来一本字帖。"

"那件毛衣给你赶起来了，要不要试试，不，不就晚上再试吧。

"咦，你忘了买一把花！"

我颓然，坐到靠背椅里，为遮掩我的不说话，低头尽翻那个字帖。

卅一年十一月廿二日完成初稿

葡萄上的轻粉

66 你在干什么,仅向草丛里的黑暗深处看,又把
烟喷在你所看的地方?跟别人在一起而沉默至
一吾灵伪。"

"你看这种豆子,野生的,春天开的花是深紫色的,
样子像麝香豌豆,整个的花还不及麝香豌豆一个瓣子
大,它的卷须也就像一根须发。……"

"你的话把我仅有的一点植物学兴趣整个打消了!
你看了半天豆子,就在半天当中已经有多少豆子在你眼
前挣破荚子撒在地里了!"

"我从来没有一刻不说话。"

"这句话已经浸了过多唾液,碰一碰就发臭;沉默

也是一种语言。"

"文到全篇都是警句时便不复有警句。"

"一句合适的话，也许我真可从此缄口，可是，不成，我一闭口，一堆注解就等着我，像一堆难民等着最后的一列车，注解的后面，注解的注解。我是越走越离自己远了。所以我得不断地说，说我自己。知其不可而为之，我有点悲观。然而放开点悲观，转又不知如何活下去。我那么意识地寻找成语，期待隐喻，想如何够把飘游的凝住，从死灭里复生，我捕捉从水面的回文间反射在手指间的光，襄贮弟，一朵花在微风里的香气，可是，你看我的语言多么不准确！你知道铁杵磨针的故事，我简直把那根针也磨完了。落地的是雨，不是云，到手的是凉，不是风，我说的是话，不是我！……"

"我们把开头弄得很拙。"

"结尾一定更笨得可笑。我尝得及了，我不再失望。你知道我搁下好些费老大气力写成的信，都只为复看了一次。（当然你知道我没有写出来的更多）但是寄出的信就让它寄出去了。流沙坠简好多片都是'奉谨以琅玕一，致问'，驿丞之设置当是很古的事，山中人犹不免烦劳驮贵蕠者，荔枝也不过是种消息……"

然而与那些斑鸠都不注意的豆子有什么关？我看你

的样子专注不像看它，像听。

"葡萄的须卷了，秋天近了多好！"

"一日葡萄入汉家，中国的风变了样子了。"

"清水变葡萄酒终是神的奇迹。……"

"当然神是会行奇迹的，可是，你别那么急，你像我小时候辩论政治问题那样了，话撞伤你的喉咙，像水哑了河的声音，喝一点水。这是这条溪里取出来的。那边的鱼以为太阳是妃色的，太阳是甜的；那条溪上野蔷薇盖成了穹。如人饮水，冷暖自知，你觉得怎么样？"

"谢谢，水清极了，甜得很，水甜使我忘了冷暖。你已经表示得到回答了。——我常常这样，越说越快，老是怕赶不上自己。"

"话说得慢些，无非是想省得重说一遍。"

日既夕矣，牛羊下来。金光敷在葡萄上。葡萄架上一张蜘蛛网透明如水。一只松鼠数着葡萄里的种粒。

睫毛的影子落向蓝色的眼珠上。

"昨下午我躺在图书室后面的草地上。我在那里吃过一种草的花，略似燕麦。——我不知道它叫什么，我不知道的多得很，但我喜欢它——昨天，这种草已经结了籽且已坠垂了草茎，撒下自己，剩下的是由花萼发展成的薄薄的苞衣，呈干白色。但我终找到一粒种子，长可二分，褐色，周身有毛，发古银色绒光，形状恰如一个小小灯焰：蒂部浑圆，渐渐逼尖。毛就依灯焰方向生长。……"

"我知道你要说明什么，你钦佩它，钦它的精雅，它的高贵，它那么安静地等待，自己成熟它二月初便开花了，直到昨天，才由你发现的胜利，而且在你不知不觉之中，你更有不去那里躺着的可能比方说，昨天你也可以躺在今天，现在，所躺的地方。……"

"现在，性急的是你。"

"——当然你说的是对的，我钦佩它的一切，至少我还钦佩那些干白色的薄苞，钦佩它们的风里的轻松，在它们雨下的重负以后。……

"——我把它捏在中指与大指之间。它一点点向下面，向我的手心爬了，用它的毛顶我的手。我珍重地举它回来。你暂时别说话，听我说完这一段。

"我如式做给一个人看，看它爬，让他知道这个褐色发古银光的灯焰是如何把自己深埋到地下去，为的明年烧一把火。

"它在我手指上笑了。……"

"一些有花的种子都是这样栽种自己的。田里的小麦只要撒在松活的土面上就行了。"

"这种笑使我高兴极了。"

"你高兴别人知道你知道的。"

"是的，我高兴他从此更知道我一点。"

"他的笑有这样的意思。"

"任何笑。"

"有些笑使人受不了，有些表示懂得的笑，一滴浮在水上的草麻子油！"

"你一向反对刻薄的，这是一个字典问题，至多生理学或变态心理，你可以不承认它是笑。那种笑不是给两个人乘凉。"

"笑是一棵树。"

"也是树荫。"

"为你、为我？"

"单有亚当时，亚当没有他自己。一条河有两道堤岸：每个人都为自己，自己存在于感受，河存在于水。"

"黄河有时是一片沙。"

"一片沙决不是河。"

"你用名词堆假山？"

"定语是从形容词孳乳出来的。名词是人。——我有一句诗：

"'树长在河堤上。'"

"树栽在河堤上？"

"你刚才说过，小麦只要撒在松活的土面上。人种不出自己，你看那边一道锦带，逶迤向东：你知道那边有清凉有甘暖，有泼剌，流活。"

"那边的太阳是妃色的，太阳是甜。"

"神存在于爱，不在爱人。"

"我才不赞成你的逻辑，因为你老在逻辑以外。你不断地说，说你自己，说的是你自己？"

"是的，甚至不是我自己的也是，不过你喝一点水，在我的杯子里，这是你刚才递给我的。"

水从地下变成草，草在晚红中绿。

葡萄怕自己太像一串串小灯，分泌出一层轻粉，一片乳蓝色的薄雾，葡萄蒂子在风中嫣然，为得到自己而笑。睫毛的影子在紫色的眼珠中。

"你已经把散步的习惯养成了，栽的，长的？"

"很早就有了。现在一个人时候多些。"

一晌在圆湖边上，因为你在那边领了路而更迷了路。你报告我湖边路上已经没有一片枯叶子，报告我去年的雨季又是今年的雨季，报告我山上掘沙人少了，山下铁道上火车行驶时间改了；麻叶绣球开了又锈了，还倒了，那棵树……"

"别说树！"

"你的鞋底磨在石子路上。"

"路上多的是烂草鞋！"

"草鞋不烂在路上，烂在脚底上。你不配！"

"夜里你满城收获灯火。金色的灯在你是褐色的灯。鬼灯如漆照松花！

"一切为了述说自己，一切都是述说自己，水，神，你说了些什么？"

"你有意忘记：连不是我自己的都是……"

"连违背你自己的都是？"

"连违背都是。"

"所以你听见声音而心跳，心跳了又脚下虚弱？遥瞻而他顾，让眼光折断像折断一朵花？你愈不着痕迹愈着痕迹！"

"我已经怎么做了便是应该怎样做的。我不矫饰；我的矫饰已是本色的。这是我的语言。"

"你的语言全是一样：你那些不寄的和不写的信。"

"我的语言是一句，我自己是一句。"

"述说自己是痛苦的。"

"痛苦的是找不到合适的话。在于词不达意。"

"你不疲倦？"

"疲倦引诱我。"

"你喉咙哑了，一手墨水！"

"我们走到那条溪，这个葡萄园尽了。到那边洗手。"

"清水变葡萄酒！"

睫毛的影子沉入黑色的眼珠里。

葡萄的轻粉在手指间抹净了，而葡萄在夜里不透明。溪水在夜里活活地流，不辨远近。

"你将死于晦涩！"

第一的德性：忍耐。

与单纯的等待满不相干。它宁与固执有一点相混。

野蔷薇与葡萄当然不同时。

序　雨

引　子

不要陪一个病后的人散步过那座白石桥，尽管前面引诱你。（桥微微拱起，意义即在遮断又不尽遮断。）不信，只要一上桥坡，你的胳臂上会忽然添了重负，他整个靠在你身上了。他一下子记起他逐渐遗忘的衰弱，像记起一朵开过的花，他的眼睛发黑。前面那一阵绿，多有分量多重。

谁支使的，谁纵容的，谁允许的？

把裹在里面的都透到外面来了，小孩子！再没有枝子，干子，也不要花：这是你们的花，你们自己。黄莺的金点子深到海里去了，哪还有翠鸟呢？你们欲望本身，重涂苏合香油的头发。——这些树，没有结构，不容分析。

"我没有病。"

所以他穿过杨树。他想：

"我倒像只青蛙。"

他周身为感觉濡湿。一时仿佛大模大样坐在一片银绿荷叶上。水里各种香气，或甘甜，或微辛，或回旋如烟，当风如吴带，或稍重如杏花雨，因着若森林沼泽地带雾气，似极秘妙，又十分真实，他坐在个华盖宝座上了。眼中心中，满含喜悦。且当真用极顽皮样子呱呱叫了两声。（差一点，声音就出了喉咙）最后是他的精力像一头小马跑过他的腿肚与足踝之间。

第 一 章

眼前正是五月天气，一种不成熟，未定型的天气。架子跟树叶完全是一样颜色，且发出气味，亦与树叶相近，苹果也才是稍涂一点嫩黄。红颜色还在太阳里，现在一个果树园主人的脸色全由他的天性做主，因为外来悲欢都还在未可知中。现在所看到的，多半还是往事感情遗迹。

这情形在学校也正相若，再有一个月，便放暑假。

假期中生活应有个改变。比平日更热闹紧张或更消闲清冷，虽亦时有打算，究竟如何，诚未夺定。此时似乎非睿智哲人，无能为力。世间常多哲学而少哲人，也许从历史中还能稍得启发。自然，看历史照例常得一般人结论，即历史是否已经"翻过一页"。语虽俗气，却是行止去留转扭。

"学校各处显得非常空阔。围墙成了从轮盘卸下来的皮带，围墙一步步向外退：土和土之间的黏附力减小了，它们各向自己中心探缩。真的有了几处已经崩坏了，草爬上路，路不那么白了。操场一斑斑点点紫白色鸟粪，这些乌鸦鸽，全贪吃桑枣吃得泻肚了。图书馆前白铁梗海棠下小池塘中闹着野鸭子，野鹁鸪。旗杆上旗子别样的红，红得新鲜。好浮萍。小河是你的是水的：钟在晨雾里生锈，发莠浆小麦甜味。钟不响，龙头花也不响；可是它，不声不响地蔓延了一大片，白的，黄的，红的，朱红的，紫红的；龙头花沉默。不再有人捏它的嘴。一切有形无形在静里如在冰箱里：放假了。"

这是他的日记。日记妥妥地放在家里，在那张发黄的藤桌子上，从西边窗子照进来太阳，正映了几个窗花在上面。有太阳地方纸色会稍发黄么，一朵朵花，淡淡的，但日记上的字已经跟他来了，跟他沾得一身绿。它们像一些金铃子，不时展翅叮叮唱起来。这种情形年来常有；而从来不大有，正如他养金铃子一生中也只偶然一次。他写那些字时都像第一次写：一笔一笔，流出自己。

放假了。也下雨了。

雨已经酝酿不少日子。究竟哪一天开始的，实在无法明白。一点一点密集起来，飘忽，舒卷，在月华里敷从，黄昏中压金，谁知道它是从哪里彩的，那个神秘的时间应当早在一点来树叶到树叶的幻动的金光中有所决定了像爱情。龙还是该相信的，像神。雨滴先到了秧池，到了小鹅的绒毛，到了庄稼人歌声里。其后，洗衣妇人竹竿上：她的熨斗用得更勤，一天用炭自然稍稍费些：而她的熨斗似乎不那么可恨了，不会烘得她的鼻子出血了。在学校里，起初不被注意。它隐没在颜色，声音，动作和思索里面。不久，它在一定秩序中得到它的势力，它驾凌颜色声音动作和思索之上，且臣服主有了这些。它足以败坏这个假期像败坏一只果子，且想败坏一些人，像败坏一棵树。"雨季"这个名词，像一个邻国，一件最后的衬衫。

"干吗呢？四个雨季经过了，我得了本地人一样经验并未学得他们从容：我也并不想落籍，借此试验自己，我得走了。离开不了这块地方，得离开这个雨。我不能像一块糖在潮气里化了。"

一条牵牛花蔓探进木窗，摇呀摇的；它像是在水底摇，简直不在水面画一点痕迹，然而它撞散了他喷出的烟，乱了烟的意志。他下个决心挪开眼睛，但他的心却沿着那个柔和而挺拔线条画过去，且亦在空气中轻轻摇动。

"我得找点事情做，一点用手用脚，不太折磨脑子事情。得让我的眼睛有亮光，到它暗淡时立刻就可以合上，白天，我操纵自己；夜晚，让睡眠征服我，在一阵对抗之后。更多的牵牛花，更多的现实，朝生暮死的现实。"

"壁虎和回声。墙的直线，如此公正的直线。地板上长长的光，一种为影子衬出来的光……

"搬到一个大楼上住。整天在十四面大得像门一样的窗户中间。这些窗户本来是为供给五百人的空气而设的。太多的空气使人不想说话。人太少，一说话势必成为倾诉，在这么间大屋子里把自己倒出来，像倒出一篮果子，多么滑稽的事情！我一想到跟别人谈谈自己，便听到果子滚在地板上的声音。"

因此他们只偶然交换一两句话，一两句没有意义无关宏旨的话。工作得展开，现在还只是计划，他们三五个，正计划如何把这间大屋子充满。一种默契存乎其间，要一个铅笔刀，一本笔记簿，稍动手势，对方便可明白，他们大都坐近窗子，或者简直坐在宽大窗桌上。而他一个人守着这座空堡时候更多，一个人从这个窗子移到那个窗子。

他们与其说是计划，毋宁是等待。所以依然极闲空。因此他怀念许多故人，细字密行，工整干净写极长的信。时有蛾子飞进来，他便过细辨识蛾翅各种花纹，追踪这些花纹所表现的感情思想，像听一支曲子。一边一片一片削一个大桃子吃。"今年的桃子似乎有点酸。酸也是好的，只是怕伤牙。今年当有不少人的牙开始疼了。"

他尽有时间出去走走。"山后石子小路洗得干干净净，石子白了，青了，红了，水恢复它们本来色泽，又助之以莹澈。"草绿如秧，秧青似草，"路旁小沟里，水在草下面流"。一群牛散落在山上，小牛独自走得很远很远，寻找最鲜嫩的食欲，忽然想起母亲来了，立刻跑回它身边。"它像是对母亲很抱歉，但母亲已经原谅它，且格外喜欢它。"放牛的人呢？"这一地的水，他不会就地睡了，他一定在一个屋子里，在附近人家。哼，他一定是找谁去。"于是他在泥土上找他的脚印。脚印那么多，哪个是他的。他只有在一列小小的，弯弯的，浅浅的旁边停住了。这列脚印引起他许多回忆，许多联想，许多温柔的可是伤人的感情。他独立苍茫，脚印如麻，可是在灰灰的天色下，不大看得出来。

他整个为雨水淋湿。水从发根直流到脚踝。挨身马蹄激起的水溅到他手上脸上，全不觉得。雷电在天边。（他样子从容）记得四年前常在大雨中各处奔走，且常骑马跑过一条积水大道到市郊湖畔去看水面漂浮的白色蘋花。一时心中充满飞越感觉，而膝恰夹在马上。一种陶醉，一种庄严，他胸脯胀得鼓鼓的。

雨水流过那个胀得鼓鼓的胸脯上，一缕寒冷由两胸之间的洼里透进身体，但他已经感觉那一流水慢慢变热了。这种经验唤起他的年龄。火车，山，铁桥，炽赤的煤块落在深黑的隧道里，朱红的浪，深绿的深谷里一丛大得像向日葵一样的金色的花；海，月亮，船上的风，冷饮，新桂圆，吉他，灌木林，雨季接上黄梅天，他忽然想起家来，且想起他以前许多次想家，不同的想法。

他已经到了家，到了那间大屋子。一条毛巾，一件干净衬衫等着，他擦干身体，换上衣服，再一次认识身体每一部分。一面想他离家时情形。

"这次远行是一件事。再大的事，它弥漫于各处能浸透一切。从任何动作言语中皆可觉到看出，父亲的约会和约会时间少了，他每天抽的烟则较向日增多。母亲说话时有点心不在焉，她居然把刚唤来的一把花忘记插到瓶里。弟妹放学似乎早了点，不是放学早，是他们走路快了。晚上时钟敲得特别响，胡妈毫无道理地要我和弟弟比比，究竟高多少。……"

他套上衬衫。这件是从家里带出来的仅剩的一件了。他想起他的那口漆着石子的箱子。他想坐在箱子旁边点一支烟。

……一拾掇行李，都来了，取舍决策各有见地。"你们加之于我的是一种自私，一种压迫，我行李要的是轻便！"可是，弟弟说一雨便成秋，秋雨中独自在江边散步，极有意思，长筒胶鞋，必不可少。重虽重些，统子里可以装苹果，又不压伤，又不占地方，每顿饭后吃一个，到那里刚够。妹妹跑遍全城，挑得两副风镜，拿了一张拍了一排向一边弯的棕榈树照片，睁大眼睛，指指照片，又指指眼睛，用吓人神气证明自己所做绝对合理。胡妈觑人不注意时把两盒万应八宝痧药塞在保险盒子里，又把仿单夹在他准备路上看的书里。其实他早知道仿单上印的有"专治瘴气毒疫气，行人但须口含一粒，可消百病。"且已事先尝过一粒，是和蜜调整的，略带檀香气味。路上想起时，可以当糖吃。在父亲和母亲为两条被窝的决定发生争执时，他偷偷吃了一个李子。他疟疾才好，李子本不许吃。"这种事情，多么可笑，哪天回去总得告诉他们大家笑笑。"

正是他笑时，楼下路上有人滑倒了。他赶到窗口时，人已经站直，一手略沾泥土，衣服全未弄脏，正在寻找一个东西。他伏在窗口上帮着找了半天，发现是一个发饰，在路左一个破瓦头旁边发光。"大概是那个伸出来的榆梅枝子绊掉了的。"他想告诉她"再过来一点，退后一步，它完好地在那里。"又怕她想起有人看见她跌倒样子，发现手上那点泥，她会红脸，捡起一个郁加利树果子，丢向那个路旁瓦头上，这是最好的办法。"自己掩过一边，让她以为是一只松鼠指示"。看她捡起发饰，十分珍视欢喜，他也高兴。"谁送她的？"人去了，地上有滑倒痕迹，一堆发棕色青苔推在一边，雨落在那个痕迹。

他摘了几朵晚香玉放在外面口袋里。一阵香气使他离开同行的人，离开身边一切，他的脚依然习惯，机械地移动。

"谢谢，我到了。"

更多的牵牛花更多的现实，这是现实，"到"。他看到一个门，关着的门。他不知道该做什么，一点不算一回事的张皇。这点张皇若延续下去，便是"古怪"，但是一个动作足以解嘲。他把披在眼前的头发理到后面去，手势像个女孩子。他说了句当然要说的话。

"你叫门。"

他收起伞，看看雨还下不下。抬头看天，天上漆黑，一个俗气比喻"丰富的沉默"，他上眼皮起了道盂折，雨点落在他脸上。谁扬脸，谁脸上有雨，不落空，一道灯光齐齐的如一片墙，雨亮了。

"进来坐一会儿？"

"不了，不早了，回去还有事。明天下午两点，到时候来接他。"

"不用了。"

他知道这是客气。然他要是信以为真那便是真的了。明天他会在那个矮矮的椅子上坐五分钟，看看小漆盒子上图案，看看瓶里的花，想他口袋里的花，看看照片，从这些东西里发现一点新的生疏。妈在里面梳头，一面想他在干什么。所以他简直不敢挪动身体，仿佛一挪动左右什物就会抗议，用一种毫不客气声音。

"哎你干什么，你是客人，可不许带一点主人样子。

这里什么都属于一个人，你所呼吸的空气也属于一个人。你来不过是为你们那点事情，你是个代表，是个使臣，这个椅子是你的公署，你动不得！"

他掏出一支烟，叼在嘴上。

"我这支烟绝不止抽五分钟，你不答应吗？我要让你们都带上一点烟味！我是个使臣，但我还是我。你们知道为什么我作了这个使臣？我本可以不管；我不管，自有别人来管。可是我要管，别人也觉得我管合适。西北城到南城，不算近，而且还下雨，我连活动活动都不许？"

于是他翻动桌上一本小书，他看这是本什么书，能够给人快乐，忧郁，美丽幻想；适宜于躺在床上看，坐在树下看它缚得人紧不紧？……

"随便买来的，还没有看不知道写些什么。"

"总应当很好的。"

"不看怎么知道？"

"看一点就知道了。"

"开头还不错。"

朦朦胧胧。它已经出来，剔着一个指甲。"你把外衣还是带着，晚上会冷。要不多加件毛衣。你昨天那件红的结好了吗，我们一路走，看看，有什么扣子好配。"

他不说什么，拿好件毛衣，让一列珊瑚扣子嘲笑他的饶舌。妈且又在桌上拿起个小冻石章，印在那本书上。

"你这是一种自私，一种压迫，我要的是轻便！"妈应这么说。可是她只说：

"你的烟怎么不点上？"

夜已经很深了。

他走进那条很深的巷子。穿过这条巷子，便到家了。他在巷口停了一会儿，一种呼喊疾流过他的心，一种猎人在森林中发现俊秀小兽物时的呼喊，一头黄麂，一种斑鹿，巷子里静极了，但若是把他现在样子雕塑下来，便只有用这个题目：呼喊。高墙里金银花雨后的香气从芭蕉的整齐厚厚叶子透过来，充满了这个夹谷，他已经看见自己了；不是看见自己，是看见他的伞的圆圆的影子，从这个街面上（海面上）的圆影而知道自己了。这是说，他已经出了巷子，在门前路灯下了。

哎，你的伞早该歇下了！他向自己说。雨已经停了好一会儿。不下雨，打伞，正如下雨而淋着，在他一样是常有的事。

他撑着伞，用跳舞的步子翩翩地进了门，过一个甬道，一个厅堂，转入山路，直上石阶，在石阶上是打了个圈子，在楼下的瓷砖上了。伞的圆影在瓷砖古典的图案上。"嘘——"他快活地嘘出一口气，一手抓住楼梯黄铜柱顶，再用脸贴上去，用嘴唇贴上去。黄铜怪冷。

"来一个池塘！"不是想游泳，他是要那个光着身子投入水里的感觉。想象一泓净水，月光斜照，他纵身而入，不出一点声音。他就那么游过去，游过去。……像那个在茵梦湖上去采睡莲的人。睡莲，……睡莲在他身后开放了，白的瓣子，鹅红的心，在月光下，……

"吓"！他该上去了。他想一气登，登登，跑上去。但是他放脚步放得非常轻，他于是走在坚硬的楼板上，倒像走在厚厚的地毯上，因为空气从十四面大窗子进来，正拂着几个人起伏的胸脯，他们都睡得实实的了。

他坐在一个窗桌上，支着头，靠着背。

他呼吸，他心跳。

他点上那根一直未点上的烟了，这说明他将在那个窗桌坐很多时候。莫惊动他。

膝行的人

企鹅因为翅膀而存在，否则，北极洋，一片白，分不开鸟与其他。企鹅的翅膀是黑的。——是黑的吗？

我看了看桌上一本小书。企鹅丛书。

商标。谁定的。什么意思。人都有个名字。雁过留声，企鹅不叫唤。不叫唤？我没听，——我没看见过，企鹅。（我又看了看封面蓝颜色上面那个鸟）那个鸟其实整个是白的也自有它的地位。然而它可是比原来的鸟更有黑，更有轮廓。画！什么叫忠实。企鹅大概不飞，是的，不。……

我忽然感到窒息，透不过气来。我像是粘了一身很黏很黏的蜘蛛网。我在心里十分狂野地喊了，"企——鹅——"这个声音形成了一句十分无礼的话：

"嗨，张，你为什么带了这么一本书来，带来，不看？"

我话里充满恶意，充满一种复仇之感。我话未出口，张却用指头蘸了桌上茶写了一个字："削"。

"怎么读？"

"刂"很快干去，"月"汇成了一片，这个字可真不像，不像张的字。我恶意并未消去，我死死瞅定他那双微向外扇的耳朵，我知道只是微微的，然而我心里说"招风耳"！一片小小的笑映在我眉尖。我想起小时候常唱的一首谣歌，嘲弄招风耳的。这一笑笑得很好。它融开我，点亮我了。我想起一架紫藤花，我们在花下唱歌，摇着头，摇着头上的蝴蝶结。我几乎想问张"你们家也有紫藤花吗？"而且我声音一定带点女孩子气。我告诉他那个字的读音。要是我稍微对那个字有点好感，我也许要用指头给他那个不成形的字描得好好的。我小时老和妹妹收拾零落的洋娃娃，用宽紧线连好洋娃娃胳臂腿。可是我一点都不喜欢这个字。

我晓得张为什么忽然问起这个字，那个没有脚的人从门外经过了。

我和张在一家小茶馆泡茶，星期天下午。

写历史的人将来会不漏掉这一笔。这几年大学生十有七八有泡茶馆的习惯，直到他们离开学校三五年后还保留这个生理习惯。即使不再进茶馆，许多影响还有在他们身上寻见。比如，他总喜欢找一个靠墙的座位，即使在一个宽大明亮的客厅中。他能半天不说话，周身发散一种懒散的骄傲———一种深入肌理，难以捉摸的骄傲，即使在一个极其典重庄严的礼堂会场中。当然，他会嘲笑的，他不会放过你的招风耳朵，尽管你的耳朵招得并不难看：尽管他自己也是招风，尽管，根本招风的就是他的耳朵，尽管，他没有耳朵，两边光光的，一个西瓜或一个短冬瓜。他会一下子抛弃你，坐到一个云深不知处的地方。他多超越，回视下界，如苍蝇声。他可以直视你，如看一个碑。眯着眼睛，把你挤扁在睫毛之间那道缝里。我劝你别，如果你要，他立刻发现，立刻警告你："像你这样自作聪明的人很多，你晓得一个名词，虚无主义，到处乱用！"

先生，你背吧，阿Q，唐吉诃德，沙宁，你甚连贝多芬和拿破仑多拉上，他会看着你，像一个教员对一个只记得结论的学生。

然而他会被融开与点亮的。只要一句谣歌，一瓣紫藤花，他会开向你，开向世界，整个的。

现在，天和企鹅丛书一样蓝。太阳明亮而鲜艳。野外蚕豆花发，麦色青青。小石板街上流着人马，草鞋，苞谷，蜡烛，金堂烟，蒸米饭和炒保肉的气味。一架碾米机坚定地吞进去，吐出来。一条黑狗急急地奔过去，不为什么，就只为告诉你他跑得多好。老槐树的影子高高地撒下来，一顶草帽的影子圆圆地撒下来。麻雀在檐前噪鸣。

我把张写的那个字描成一个小猫的头，两只耳朵，两只眼睛。我偏着头欣赏了一会儿如猫看人。

那个没有脚的人膝行回家了，他走尽小石板街，走出那个赭绿斑驳的小牌坊，走在蚕豆花和麦鬣之间的田埂上，回到他神秘的草屋里去了。

一个大学生在日记上写道：

"这条街早晨走起来短，晚上长。"

早晨，晚上，……他迷糊了。他的眼镜片上落了许多灰尘，他擦了擦。他想得很多，直到他听见自己血在血管里流，汩汩地流。企鹅的轮廓没了。我抽一支烟，说那个膝行人，那个没有脚的人的故事。

他曾经是个无赖，流氓，土匪，杀人犯，……总之，一个无恶不作的人。

因为他没有宗教，没有信仰，没有家，没有爱，没有春天，也没有坟，总之他没有一切"关系"，所以世界是一个。他孑然一身，无怙无恃，无姓无名。他活到十八岁，没掐过一朵花，也从未有人教他唱过，所以他眼睛漆黑，嘴唇侵闭，虽然没有一面镜子照过他。他不要什么，但是他有一次哭了，因为什么都不要他。

于是，他来了，像一场灾难。

于是，这一带的香烛消耗增加了，慈善事业的捐款收入也增加了。太太更爱丈夫，县长不敢让小舅子做保安队长了。旅行人用毛巾在箱子上做什么记号也没有用，他不懂一切江湖上规矩。敲洋琴的瞎子为他编起一支弹词，混合恐怖与美丽。听唱的人时常偷眼四下看看，说不定他就在纸莲花灯下听着，闭目抱膝如其他人。而忽然一下子不见了，在瞎子口袋里留下一束酬金。还有那句老话："妇女用其名止小儿夜哭"。（现在他有了名字了，是别人给他的，也许出于一家小茶馆由一张嘴到一张嘴传了出去。）有一天一个女孩子到舅母家玩了一天，时候晏了，就和表妹一处睡了，两个人忽然谈起"假如那个人忽然来了？"真的他来了，怎么办呢？那时候，许多女孩子做了许多种奇怪诞的梦，醒来十分兴奋，又十分疲倦。他是一条龙，一只天鹅。

那架碾米机忽然停住，天地一时静了许多，一队卸了鞍的驮马奔出小牌坊，在草场里滚，嘶叫，踢蹴，饮水。小茶馆门前晒的花生米也由紫红转成粉绛。"小老二，回家——。"老母鸡的眼睛昏花了。某处有音乐会开始，《蓝色的多瑙河》，忧愁而感激，一只凤头龙爪点子鸽子从麦垄间飞起，打了个回旋，落下来，咕咕地进了窠。

后来，有一次，他由于沉重的疲倦和酒，他把身边十四个同伴都杀了，可是留下一个十二岁的娃子。也许由于那孩子的眼睛，也许由于他自己的眼睛，他的胳臂再举不起来。而那孩子串通他的仇家，有一天，捉住他，砍去了他两只脚。

断去的部分长得尖尖的，圆圆的，光光滑滑的，如同两只红色茄子。他并不包扎起来，让他露在外面。他不像一般没有脚的人，要用木脚，拄杖，或以手代足，爬着走。他在膝盖包了一层薄薄的布，他跪着走。而他的上身，直立着。他绝不比谁走得慢，也不让他的手改变样子，他仍是大摇大摆的，听说现在他上起屋来比常人还快捷得多。有一次有人家失火，有人看见他在火光中上下，不过火势稍息，就再也找不到他了。

他每天到市里来，来一趟，买点东西，嘴还总是闭着，不说话，也没有人和他交谈。谁也没有走近他那所孤立的草屋旁边看过。于是那成了神秘的草屋。其实那间草屋决住不下两个人，容不下比一张床更大的东西。

据说，他现在制一点纸糊的风车，泥捏的公鸡蛤蟆，鸢子和弹弓，一些孩子花他们可得的钱可买得的玩意儿，给一些人满街吹着地卖。贩他东西的人说他卖得不比别人贵，也不便宜，此外，什么也不知道。因为在街上卖那种玩意的常常是瞎子。

卖唱的瞎子该还有能唱他的故事。

一个中学生在作文本子上写他的游记：

"历来已万证家人矣。"

可真是，一盏一盏的灯点起来。点灯的手。我和张泡了一下午的茶！"这条街，早晨走起来短，晚上，长，"那个没有脚的人点不点灯？我画的那个小猫头已经干了。张忽然大声说，

"嗨汪！那是个个人主义者。"

"谁？"我几乎为他的声音吓得仓皇失措。

"那个膝行的人。"

"哦"。我的眉毛抬起，在比原来地位高四分许处停住很久。额上皱纹往里刻。我脑子有点乱。糊里糊涂的，我说，"张，该回去了，这是你的书，你的企鹅

丛书！"

我不知道我为什么不高兴，在这句话里还泄出我的余愤如余烬。

张站起来，跟老板娘说了一句话，无疑的这句话早在他心头了，他语音平稳，决不旁顾。

"老板娘，你的草鞋卖多少钱一双？"

前 天

前天，哦，我差一点送了命。

我很难计算这么一句话里的感情。我请你不把它看得太佻达①，也不弄得太感伤，我意思本不如此。如果我说"差一点就死"，或"差点儿就送了命"，而且语气上更有点……那就不同了。

晚上，十点钟，天很黑，和一个人从城里坐马车回来。马老了，又跑了一整天，累了。车身太高，重心不稳，车夫吆喝，挥鞭，甚至说话看人都不大在行。"黄

① 编者注：疑是佻傝，轻薄。

土坡！黄土坡。"他把惊叹号用错了！语气加在第一句话上。他走路时脚跟离地不多，拖里沓拉的。我断定他赶车时一定老在车下跑，不惯坐在"车夫座"上（后来证明我的观察极正确）。他不会扣点钱喝酒。或来两把"八点，十三！"他一定跟我一样，数票子数得也很慢。我对这个绝无近代生活中紧张气味的马车夫很有兴趣（倒不是说马车本身是个过去的东西。昆明一般马车夫都在农民的淳朴笨拙上盖上一层工人式的狡猾与机警，正充分象征这个暴发的都市）。高高地坐在前面，从城里的热风中回到乡下，回到清静，在星星底下，回去，睡眠等着我的疲倦。说不定我在床上还可以看一封信，……我有时严肃，有时轻扬，想及许多事情，在马蹄郭得郭得声中，柏油路上。路边杨树白天的浓荫，在星光下唤起一分沁人甘凉。

路极熟，快了，通过铁道。我知道那个小宝塔立在右边小山上，为无边的夜色所淹没。过铁道了，车子跳一跳。跳出来我的微笑。带我向"过去"那条路走。我想起前年，是冬天，有一个时候，差不多每天早晨，和一个人沿着铁道走，向左，走得相当远。每次心里都觉得就这么走下去，多好。走下去，走到哪里去呢？仿佛看到一幅画，远远的，两个人，那么一直走，一定还轻轻说点什么，因为远了，听不见。也用不着听。这些话若从那里提出来必会失去颜色，那么娇嫩，摘不得。一直走下去，越走越远，走到哪里去呢？想到那就是我，是她，于是笑了，我今天的笑就还有那种笑的记忆。但是，每次都相视一笑就回来了。而且都在差不多地方（给那里立个界碑吧）。回来时，照例在小车站上看看等火车的人。他们等车，我们等什么，照例这些人天天改变，又总是如此就从未有印象留下。我常在站旁摊子上买一包烟。

"为什么到那边买来，这不是有一个。"

"……怎么没看见？明天买这个的。"

"这个塔怎么上不去？"

这怎么回答？好像也无须回答。第一次经过塔时告诉她是个实心的。知道她不满意，塔能上去多好。一同凭塔窗眺望远景，青天，白云，一只鸟，翅膀尖蘸了点天上明蓝，……说到塔，是定得从公路右边，从我马车右边绕回去了。都在差不多时候。

有一天，我们看见一饼圆圆的冰，冰里开了一枝菜花，开得很好，黄黄的，楚楚可怜。结了冰，（昆明）难得的。"这无疑是曾经养在一个洋铁罐子里的。也许一时要用那个罐子，便倒在这里了。主人当是个洋车夫，或是打更的……"试捡起那块冰，拈在手里一会儿，走了一段，又好好放在路旁，事前事后都用眼睛征询她，她不说什么，只看着我，心里似乎这么想："他捡起这块冰，他放下。"她似乎总是用这种眼光看我做一切事情。我如果发出一声惊人的大叫？她一定也还是如此。我带了这块冰走了一段，又好好地放在路边。那天霜很大，太阳可极好，也没有什么风。空气清新扑面，如早晨刚打开窗子。远近林树安静而清洁。她穿一件浅灰色大衣。……

她的手非常非常软和，双手插在大衣袋里。我想我的手也应当插进去。应当的事办不到，自然是不出奇的。我不戴手套。

忽然，全车人大叫起来。惊散了我所含的笑。等我彻底明白是怎么回事时，事情已经过去。一辆既瞎且疯的大卡车，撞在我们马车上了！车不开灯，行驶极快，又不靠左边走，司机想是个广东人，二十来岁。迎头冲原是一种广东作风！幸而车上人在撞到之前即大叫，那个司机急急转过驾驶盘，我们的外行车夫也出于本能急急向左一闪，全车人差点没给掀出来。结果碰在马车轮子上，汽车一溜烟不见了。像一个顽皮孩子扔石头扎了人脑袋，不敢看看究竟如何，头也不回，马上跑了。

马车夫用外乡口音，不大得体的方式咕咕噜噜骂了几句，用意倒像是给自己听听，末了吼一声"走！"糊里糊涂老马又上了路，得郭，得郭，……

"看一看，那里坏了，能走吗？"

"这不是走了，……"说话的人忽然也怀疑起来，车会不会一下子散了？

轮轴转珠圈裂了，嘎嘎作响，单调而有节拍。车身更加摇晃。老马喘气声音更重浊。车夫简直不敢坐上来了，只在底下拢住缰辔拖。车上人忽然感到彼此间一种同船共渡的亲近。但是谁也没交谈。也许每个人都各自嚼着一串故事，呼吸声音，了了可闻。

"算了，就慢点吧，莫打它了。"

"靠左边点，又有汽车来了。"

忽然有一个人叫"停了，不坐了，给你钱。"他给了点够到站的钱，大家看着他，不知为什么。

下来一段路，我跟同伴说："最多一秒钟，相差。"表声在我心里响了的答一声了。过一会儿，"如果把腿搁在（车厢）外边？"他说"胳臂也差不多。"

为幸运的偶然，我们笑得非常尽兴。笑得简直有点儿疯。

到了家，同伴说，"奇怪，当时并不怕。"当然，这一点都不奇怪。他说"假如一下子……该开追悼会了。"当时似即已想到种种，看到自己遗像在许多花圈，许多零散的花上面。谁在花旁边默默站立，擦了眼泪。谁记起在那一桩事情上曾经有负于死者，一直想找个机会说开了，或不着痕迹地冰释了。谁听到一句他生前的口头语，寂寞的微笑。……我们的疲倦好像延误了，我们有些话要谈，虽然说出的话全不是要说的，他把口袋里东西清理一番，一一看过，又一一装进去，连今天的一点紧张一点笑，一点由于回忆而来的淡淡惘怅。装好时用手揣揣，似乎全都在里边。

"昆明菜花冬天也开。冰结住了，冰在那里？"

好像没有谁听见我的话。（三月十九日记，夜二时。想起圣路易之稿。）

五月廿三日重抄增改数处

磨　灭

苍蝇搓它的手，它的脚。

（不要打了，苍蝇搓它的手它的脚呢。）

苍蝇的翅膀上有虹彩，颜色如水面上的油花。嗡，飞起了。

天真闷。

是的，天气真闷。一个乡下人买了一对蜡烛，蜡烛直滴落的油。他的鞋面上也滴了油，着油处加一层薄灰。

在路上，我走了一点二十分，天上的云没有一块变过样子，绝对没有。

好了，张先生大概又不在家。事情呢，本来也没有什么，回去写信话更好说些。

他不会在家的，他常不在。

我喝我的茶。不在文林街茶馆里喝茶将近两年了。我的头发里全是土！一看就知道从乡下来的。可是，我知道，没有人会注意到我的头。

门口，一个女人洗衣服，木盆里肥皂水着灰青色的泡沫。

我好像喝了一口那样的水。

远远听见郭公鸟叫。

活，这家伙，——

他来了，他坐在我旁边一张桌子上。

"我在文林街看见一个人，好玩极了。"

"这个人在裤带上拴一条狗，狗在他长袍摆下转来转去。人有人性，兽有兽性，人兽之间的关系，从这里看得出来。"

"噢，我看见过，除了那个打更的，这个人最怪。"

"怪，可是说人兽之间那点儿关系？"

"这是个哲学问题！"

两年了，老李在广西，老张过上海，老陈，不知往哪里去了，我们各有这个人一个影子，有如水手胳臂上刺一支锚，一种徽章，一个有箭头穿过的心形，温习起来时，即带来一些"过去"。

这个人实在怪。

那条狗，是条小狗。正是才可以啃动骨头，喜欢窜窜跳跳，对自己极有兴趣的时候。因为正在发育，行动中充满卖弄，富于表情。是一条地道中国种的狗。毛作浅灰色。有时，我想，一个画家想起它来时，大概会添上一点绿的。

这条狗居然长得极肥，圆头圆脑，毛茸茸的。

这是一种最省事，易成功的配色方法，那个人全身色调与那条狗都极相似。他的长袍，他的铜盆帽。

他的帽子微微掀在脑后，他的头因为帽子而显得向后扬。一饼紫酱色脸。他眉毛高举，眼角微睁，黑嘴，下唇向外略微突出。因此造成一种傲慢，一种旁若无人，玩世不恭的神情。可是这神情不会引起任何人反感愤怒。一种绝望的苦心，徒然的努力。你可以从下面看出难堪的折磨。无端的迫害与屈辱，一个逐渐疲老的灵魂不断地忍受。一个爱好花，月亮，感伤的音乐，喜欢把小孩子骑在肩上而按拍子跳舞的灵魂。细致的，敏感的灵魂。孤寂的灵魂。一个头等丑角最常有的表情。也正如一个丑角的表演，所望于人的是一阵哄笑。至少，他们许会欣赏他的为某种愿望所做的挣扎，挣扎爬出淹没他自己的愁苦和卑贱之感。哄笑吧，你们的哄笑，可以使他快乐。

然而，没有，并没有哄笑。

天气实在闷。汗流在他颈后的皱纹里，汗沾湿他额前的头发。

他站在先生坡头，先生坡垂直于文林街。

文林街上人来，人往，人下先生坡，人上先生坡。他们画那个丁字，他们流汗。

一个挑水的。水桶里猪耳莲叶子一上一下。两朵淡紫色花在水里投下影子。

卖白糖糕的。他的笼里落了不少灰。糕正在时间中变酸。他想吆唤一声"白糖糕，太平糕"，想叫又不叫。

纸烟铺里一个秃头小伙计，睡着了。别睡着呀，别睡着呀，然而他睡着了。口涎沿手臂弯流到一本账簿上，红格子洇开来了。他笑了。一定是梦见他唯一的亲人，他的外祖母夸奖他真能干。而正在这时候，卖丁丁糖的震耳地敲过他的小小铁砧子！

郭公鸟在远远的地方叫。

那个人，像一朵花，开始萎了。他一切都变得模糊起来，他好像不在焦点上了。吹起他下摆的风在一个墙角撞碎了，散落了，不可收拾，他的酒气小了一点，他两颊陷进去，太阳穴发暗。他的眼睛里不是星，是云。简直，他要一滩一滩地落到地上来。

一辆洋车过来，拐弯了，车夫大叫，声音中充满轻蔑：

"让开！"

他的小狗急急一纵跑出他脚前二尺多远。

于是，完了，一切都完了。

一个人若想为他做一点什么事，最好送他的狗一个铃子，给他系上去。

如果，你要是一个画家，你画他，在背景上，在他的身后，你画许多鸽子吗？你画吧。

当真他是饿了。他嘴里发苦。他咽他的唾沫。他的意识如井水的波纹。然而他说话像一个老朋友，不拘形迹，亲昵得近于玩笑，好像拍着别人肩膀说的。然而，声音洪大得不必要。

"老板，可有杂菜！"

他的发音在他颈内周旋，像在一个坛子里。饿的人最容易为自己声音震动。他成了个音叉。他说杂菜就如同说锅贴鸟鱼五香鸽子糯米鸡。

小馆子里几个吃饭的客人抬了一下眼睛。其中有一个为青辣椒气味所呛，打了一个极大的喷嚏。

老板炒他的菜。

半天寂静，寂静得如同一桶奶油。

一只麻雀"得"的一下飞进屋檐窠里。

阴沟里水冒气泡。

这老板并不胖，而且说得上是瘦。他的长颈子后面绷得很紧。他舀了一勺子油，用力倒到锅里去，几个油点溅在火里，轰的一声。他憋足了气力，并不回头大声喷出来：

"没，得！"

他挽了一挽袖子，把小粉拌好的牛肉向锅子里一兜。牛肉完了，又炒了一个番茄豆腐，锅里放上水，配了一个菠菜蛋花汤，鸡蛋打完了，水尚未开，他掏出一支烟来，叼上，点着火，仍是不回头：

"出去。"

这两个字是他等着的，可是等得未免太久了，他本来预备好了，"是，是，是——"尾音拖长，提高。他以此娱乐自己，这十足赖皮相，满蓄一种对人世对自己的嘲笑意味。然而等得太久，这句话冷了。他显得很蠢，毫无表示，他出去，在老板的铁勺子下把一个白铁盘子承上去。

唉，这个盘子实在太大了。

所谓杂菜，剩汁残羹倒在一个桶里准备给人的。

好老板，我看见你特为给他捞了一捞，一个几乎完整的鸡头呢。老板你自己一定也喝酒。你回过头来，你笑了一笑，你笑得好。一年来我还记得那个笑。你跟你家里一定过得不坏，她头上戴了一朵花，我看见。

他来了。

他从先生坡上来，像一只蝉蜕去皮爬出泥土。他一直向这个茶馆里来，好像并非他打定主意要来，而是注定了非来不可。像一根拉长的橡皮必须缩短似的。那边是他的欲望；这边，他自己。他得过去，在一拥抱之间合而为一，他好像并未认清桌子椅子，像一个旅人倦游归来，甫一进门，即往床上一躺。他落在椅上，伏在桌上。他眼睛向茶馆里看了一下，像一个病人在昏睡中睁一睁眼睛，只觉一片光彩，不能构成任何印象或概念。他不戴帽子，他的头发如疾风中的草，倾倒在手臂上。他呼吸急促，气息嘘嘘。

"吃一碗茶来。"

他的眼已经不大撕得开，上下眼皮全紫了。一种刺痛，一种教人肌肉收紧，骨盘内缩，脚趾伸挺的煎熬从这两个发烧的球体分出去，注射及于全身。他鼻梁上抽得全是直纹。他鬓边息息跳动。他下唇拖在外面，像一种水果，为唾液所能润泽的部分通红，熟透了，于是，画一道整齐的线，这一条线以外则不知沾了些什么东西，全黑了。他下巴尖削，且向外卷，他胡髭已长，略形卷曲。

"泡一碗茶。"

他并不着急生气，仿佛那杯茶如果要泡来总会泡来的，他好像已经闻着那杯茶的香气，他口舌生津，喉头有点痛。于是他唱歌。他在鼻子里不知哼一种什么调子，听起来既无节拍，又少高低，然而他浸没在他的歌里，像一只鸭子在泥水里。

他的狗呢？

一个挑水的，你水桶里猪耳莲叶子晃动。

卖白糖糕的，你的糕发酸。

纸烟铺小伙计，打瞌睡。

苍蝇和洗衣女人！

你们都来看，看他的虱子。虱子在他的黑大衣（好热！）外面描画复杂的花纹，它们多忙碌！这个人，他干吗，他睡着了？没有没有，喝，哎哟，他把他的鼻子顶在桌上，起来，他的鼻涕流在鼻子与桌子之间，他抬起，俯下；拉长，又压扁；他吸进去又呼出来；快一点，又慢慢的。他专心一志于他的艺术，他扁嘴闭眼睛。

嗳嗳嗳，酒瓶酒瓶，他的酒瓶要为他的胳臂推倒了。——好，他扶住了，他一把抓住，他嘴角牵动，他大叫：

"泡，杯，茶！"

这回，真是哭。不是命令，是请求，是叫，他的欲望大叫，他的太浓的血大叫。

郭公鸟在远远的地方叫。声音如两粒弹丸，掷过来，扔过去。令人渴望一片秧池，浅黄嫩绿，密密秧针之下看见徐徐流动的水。一片树荫。一阵好风。一条长长的丝带在风中飘。

天真是闷。

醒 来

一

我不知道我是怎么醒来的。既非突然，然而又不能是渐渐的。我不能分辨我的已经沉坠的生命什么时候又开始浮了上来。仿佛从那边度到这边并不很难，那可以说是很"巧"，哪里轻轻拨动一下，有点像开一把锁，我重新活了。证实的是一个感觉：一缕风，像一角缎子，从我额上拂过，从我太阳穴下一条干去的汗渍间斜切过去，还旁及我的鼻翼，我相信，一定把我搭上眉端的两点头发带到耳边去。我光赤的上身上有一片蜻蜓翅子掠过的记忆，那是两根草。这风是贴地吹来的。这是我，这是我的手，我的左手，我的右手。我的右手按在水壶上。水壶外面一层毡子，毡子的毛。毡子上皮带，皮带的光滑。皮带上一个扣子，扣子上一点绿锈。锈斑正在我食指螺纹当中。我的左手平贴地面。胳臂弯着，肘尖靠近我的腰。我动了动左手，手掌下一个小石子儿。喔，手掌压出了一个小坑。我活了。我在这里躺着，我躺了多少时间？

　　我想看一看表。我的表还戴着。多少日子以来，我不想到时间上表只是习惯，现在我想看看。——我忽然想起一个弟弟生下来，午夜，我父亲用那么庄重的态度去看家里的一架老苏式钟。可是表停了，我听不见摆的声音。我没有看，我想见表针呆呆地止在那儿。然而我不知凭什么肯定现在是八点二十分，不会错，八点二十。夜，月亮。月亮在我头的左边，好大好大。青色的光落在我身上，特别是胸上。我不知落在胸上的是夜，是月亮。我不能把月亮跟夜分开。我觉得夜是具体的，物质的。广漠的，澄清的天。泥土气味。一种山地植物的苦味。这种苦味多少日子以来充塞于我们的呼吸。噢，月亮真好，我从来没有见过这样好的月亮。不，我看见过许多次，无数次这样的月亮。这样大，这样不带浪漫气味，恬静，清澈，无私而坚定。这醒来的一刻真是奇妙。一种感兴，一种喜悦，一种纯粹，一种超乎理性和情欲的存在。一种和平。一种健康的衰弱，一种新。我逗留在一个不变的境地里，就这样，我躺了一会儿。

露水凝聚在荷叶上：我的生命在那么一个状态中停留。不知多少时候，（零与无限之间）于是，一切归向我，纷纷回来，开始充满弥漫在我之内。渐渐复合，成形，恢复我原来的样子，我的生活，我的历史，和我的渴。

渴。整个占据了我，只有渴，更无其他。水，我要水，我要喝。我又要晕了，我连忙拿过水壶，拔了盖子，把壶口凑近我的嘴。所有动作全像一个酒醉人做的事，我以后全想不起怎么做的，可是做得满对，满敏捷。到壶嘴的锡边触到我的唇皮，我的唇皮颤缩了一下，闻到水，我的渴意一齐涌上来。我太阳穴跳动，我明白感觉身体里血液浓滞，我两眼恍惚，黑影齐眉压下来，喝，我急急喝了几口。清清楚楚知道水流入胃，立刻就注到肠子里。我应当喝得慢些，可是我的舌头急需沾湿。

我记起，这是我们仅有的一壶水了。

我支持自己的力量忽然消失了，我倒了下来。我想起，这是高黎贡山，高黎贡山。高黎贡山。高黎贡山。我记得一点事情发生过。我不是一个人。在我刚醒来不久，我思想的语言中即有"我们"两个字出现过了。……

二

这只是两根线条，几个"笔触"。

画画往往会"画过"了。一次又一次地描摹一个理想，怎么样也找不到合适的表现方法（这自然是还未天然的成熟），到后来越来越距初意远了，手下已全不是那么回事，看看糟蹋了那么多纸，要不暂停下来也不可能了；却在一张乌黑一团，不成样子的稿子上看看有三数笔还似乎有一点意思；虽然也笨重流滑了，不忍一齐毁去，居然剪下来夹在那里。这至少是日后重新拾起的一个种子。这是把这段东西抄出来的一个理由。

自从我有了一个故事，三年来已经前后落笔试写了不下八次，愿意保留的只有这一点。日后再拿起来，我希望并不从这里走不下去。

我想讨论一点东西：（我自认现在已失去不少讨论的热情了，）一个军官在缅甸陷落战役中，（一次战役好了，）惠通桥断了，（随便一个桥吧，）失了归路，他得用平常不用的办法归来。只有一条路，爬过高黎贡山，一个人迹罕至，许多地方存留太古样子的大岭。在辛苦艰危的路程中部众或散落，或死去，最后剩下（假定）三个跟着他走。这是他们的绝路的最后一站的情形：吃的还不大愁，可喝的水很少了，就军官身上这一壶。他们四个一路来自然已经是"团结"在一起，不可分了。说"爱"，分量似觉太轻了。在疲困中，一齐倒下，晕去。第一个醒来的是军官，他。清醒之后，他想起一点事：他记得在昏糊中，那三个同伴一个一个向他滚过来，他就滚过去，避开。滚过来，躲过去，滚过来，躲过去。……

我对这样的事，没有办法。这是一个作者的苦。

也算是一个交代，我有一天如释重负，很高兴地告诉自己：喂，他醒来了啊，醒来，就好办了。醒了，醒了，我把这两个字越念越轻，我知我的责任未尽。

我还不致就死，且活几年再说吧。啊唷，我可也有点累。

三叶虫与剑兰花

把那一部分图书仪器送走了，心里空了好一大块。有一点感触，含混，有重量，但是一点一点地加上来的，心里有个准备，知道总有这么一天，这么一刻，到底来了！仿佛倒很满意。怎么说，总完了一件事。相信徐之所觉所受跟我差不多。不过他似乎比我更深沉些。不敢说，这全是揣测。看一看他的眼睛，很暗，有一点纷乱。不过给我纷乱印象的也许是他的头发。今天事情忙，有几个箱子须要拆开重装，我们都没有好好梳头；公路上风也大。他的头发分开，向后。很后，好像总是逆风而行，像每根头发发根细而近末端处越来越粗，到发尖才又微收一点，好作一归宿。看起来他的脑门子就比实在的更高些了，而且头好像总向后扬一点的样子。我相当喜欢这样的头发，这至少比飞机头那种纨绔气有骨子得多，有一股子峻拔坚毅劲儿。不过头没有好好梳，刚才帮着搬抬那些箱子，无心顾到头发，忙乱中弄得他更乱，而且风把他的头发披下一片在额前了。风从我们身后吹来。——然而，大体上说，无损于他的深沉稳重。啊，我似乎太注意他的头发，我的眼睛那么巡视探究是非礼的。只因为我稍微觉得有点与平常不一样，有一点惊异。人到底不能天天是一样的！从他的密闭的嘴角上掠下来，我看看脚边车轮印子。

"走吧。"

"走吧。"

我们就向来的那条石子公路上走回去。

九月了，这个地方还是那么暖和。下雨天，早晚，凉些，晌午的太阳照在身上跟夏天差不多。多少做了点事，有点汗了。我把外衣脱了，搭在肩上。风吹得又真的和蔼殷勤，不尖不酸。徐额头也有点潮润，我看他掏出手绢擦过不止一次。也许这是他的习惯，有许多人做完了事总要擦擦的，即使不出汗。然而这会儿实在热了，十点多了。徐为什么不脱衣服？他想着什么，不大在意。这个人好像经常地想着什么的，所以他的研究工作做得那么精细实在。这样的性格跟他的工作真合适。他做一切事总是那么从容不迫，有条不紊。我这会儿可是想说说话。我们所有的研究室也空了，许多习性真该随那些图书仪器一块运走了。我们有一段时间过另外一种日子，我们要旅行不少地方，回一趟家，见许多东西，吃吃，谈谈，……我有跟人说点儿什么的欲望，几次要开口了，想不到说什么好。得了，随便，随便最好，抬一抬头：

"天是真蓝！"

"哎，真蓝。"

他看也没看，他低头走他的路。除非他由地上明亮的太阳知道，由路边黑白分明的尤加利树荫知道。不过他这两个字里有什么感情？——我觉不出。他不想说话？——他应当看看这个天！

"真蓝！"

我微微叫喊，想把我的热烈传给他。

"哎，这样的蓝天真难得。"

他说这句话时我正点火抽烟，我没把全力集中在他声音高低上，不过从字面，从"真""难得"，我以为他也颇有动于衷了。他一向不大说话，平日讲解时也是一个字一个字，清楚明白。不像我，我在指导实验时老是说了些不相干的话。说当初完成这个实验费多少日子，困难，艰苦，失望，终于来了个成功，一切的坚忍有了交代，说这多美，这些步骤是多好一个对称，有节奏的形式，这这，这那；即正经分析图解时也带了许多不必要的感情，分摄了学生的精神兴趣，使他们对过程重点，工具应用，计算较差反不能有深刻印象。我老是节制，节制，可想做到像他一样的不枝不蔓，简洁鲜明，绝无希望。——现在，把这些他跟我的分别全扔开吧。（试试看，也许办得到。）谈谈天，为了我们最后一趟从这条路上走回来！我不管徐是否需要说话，不管他，反正他听着就行。我们说话机会也不多了，我久有跟他多谈谈的愿望，看样子，他不大讨厌我，这就成。

这个地方的天真是蓝得怪！我们一来，首先看到这个，临走了时也都带着这片明丽颜色作一切辛酸喜悦回忆底子。想想看，我们在这里生活了七八年，人生中最精彩、最值得活、最有决定性的几年！战争把我们一下子掀翻了，泼出来，从原有设计中一丝一丝拆散，让你再换个样子编去。学校搬了家，落脚在这么个梦也没梦到过的山城里来，以一种特殊方式完成教育，吃些什么离奇饮食，而且说得一口地道本地话，清清楚楚为从外县四乡来的人指路，小巷僻坡，莫不了如指掌；听他们听的戏，喝他们喝的酒，害他们害的病，种他们种的花；日常如此，不以为意，战争前途一片昏雾，从来渐渐，越来越没有想到什么时候"回去"，而忽然惊天动地来了个消息，一个战争戛然收了梢，眼前一片明亮蓝天，不免愣住了。越来越是真的，越来越具体，路虽淤滞回长，到底通了，布告贴出来，迁校有了日子。大家忙着整理。零落变卖，所余无几，收拾起来说快也快，什么时候有车，扎了个小包就走。然而搁下什么，捎点儿什么，难起来真也难。问题是有个限制，你不能把舍不得的，挂肚牵肠的一股脑装上车。尽管是破烂寒碜，哪怕是伤过你的心的也就有它的意义。……

好了，明天我们也走！一批一批地上了路，留一部照管着装箱。别人怎么样我不知道，我本来是很乐意地接了这个差使的。可以多留一阵子，而且有个名目。事情有点忙，可因为与平常职务不一样，做的是告一结束工作，觉得有特殊意思，并不疲累。工夫尽有，不用太赶。把一本书从架上取下来，在放到箱子里去之前，可以翻开看看，也许里头有点什么标记符号，夹个小条子，甚至一瓣干花，一点痕迹，或不可知，或可想象，令人一晌猜疑，半天微笑，全极好玩。一个一个玻璃瓶子包扎起来，摇一摇，晃一晃，亮处照一照；那些是后来添置的，那些还是从前带来的，自己尽可做一记认。这一盒子什么？龙虾！豁嚄，这个标本怎么还是光绪年间剥制的？我这几年都没见过，恐怕系主任也忘了。这一大套仪器从美国订来，到了海防，刚好滇越路断了，绕了个大弯儿，整整三年六个月才运到！都检点完了，记下名称、数目，叫木匠来钉上，贴了封条。抽那一根烟，说不出是一个什么味儿。我觉得人比较敏锐深细，比较精致，比较更能触到若干事物的内容含蕴，掂得着时间生命的意义价值，虽然比较孤单，但不寂寞。这个木匠这一阵就跟我混得极好，我们一处工作，同喝茶谈天，有时我还请他吃豆花米线，来一碟生拌螺蛳，椒盐芽豆下玫瑰重升。而且我也跟徐稍微熟一点了。……

　　明天，明天我们走了。我跟徐才稍微熟一点。我在生物系装箱，他在地质系。两个办公室相对，当中隔一个院子。院子里美人蕉正红，牛目菊白，种的竹子都高大得不认得了，人去了，路上草滋蔓起来，闲静之中充满生机，这在我看起来就是一分别意。派给生物系地质系钉箱的木匠是一个。有时他那边拾掇好了，就过来叫。有时我这儿已经没有事，就帮他做一点不紧要的小手续。我学的虽然是生物，但兴趣极广，（这个倒霉脾气害了我！）碰到什么都要问问。他不爱说话，但——为我解释。不敷衍，不不耐烦。扼要，清楚，但跟上课讲授时不大同，不那么硬性。而且他有时说得得了意，会把手里工作放下，翻书，检找同类标本，拿粉笔在地上画，说得兴奋动容。我看着他的眼睛，觉得这里头也燃烧，不过更深，不顶亮，但是热。有时，他也用手势，用手点着桌面划出语言的节拍。（自然不致像我一样简直要一把拉住学生的手了。）他说的时间比较长了，就会向我抱歉，说他忘形了。抱歉什么，我真该感谢，我一点三叶虫的智识全是他传授的，他介绍了一堆书，送了我几件标本，直到现在我还搜集一批化石，作为我的本行以外的研究，可以增广我的天地，全是他之所赐。这个人做学问笃实恳切真是少见。不管怎么样有那么几天，我认识了一个值得认识的人。以前我看他坐在窗前工作，或在堂上讲书，我对他敬重，这一阵下来，我对他极有兴趣。……

我们还可以同一段路。到了长沙分手，他向北，我向东。这一路我们会同起居，同饮食，同车同渡。我希望更了解他一点，他是怎么一个人，有些什么事情。也怪，他简直没有什么朋友。他毕业较早，得了地质调查所一笔津贴，一向一个人在滇西一带山里找寒武纪化石。去年一个教授因事去美，缺下一门功课没有人来讲，电邀他来，以研究助教名义代了那一个课程，还兼了一班普通实验。他上课，读书，开会也到，只是不大说话。系里人说他有点怪僻，很少跟他接近。我所知道的，起初，他有时下乡去，相当远的乡下，去看他唯一的朋友陈去，陈在一个地方性的研究室负责，与徐是同班同学，我也认得的，他太太是我的同乡。后来他们搬到外省去了，他有什么地方可去呢？……

一个高大，坚实，强壮而孤独的人……

这一条路我们一齐走了多少次！学校车子一批一批开，一批带走一部分箱子。他们急于想走，有些把箱装好，托别人代交，反正每次都有押运的。我们代送了不少箱，物理系化学系都有，甚至还有一箱中国文学系的，而且连钉都由我代钉。我反正不着急，家乡回不去，学校开学早得很，不如在这里多搜几件缅漆盒子，烤茶罐子，老式陶器，便宜银器，钱要是够，还想买一把古宗人的刀！徐是什么原因则不知道了。每回，我们送箱子上车，也送一批人走，回来，学校里就空得多了。一溜二十几辆卡车，一排，坐满了人，脸上全带情感，心中一串话，（这一早晨他们表现得最完全，最精粹，最有轮廓，）哨子一吹，开了。若在从前，小姐们定有流泪的。我跟徐就成了个送行专使，一次又一次，抬手，扬巾。虽然熟人很少，有时简直一个也无，但是车上人齐声说"再见，"你能把手埋在袋子里吗？一阵雷声，一阵烟，远了，留下黄土里一片车轮印子。一种浅的，算是浅的伤感，但是你不能否认伤感这个东西。这叫人心软。心一软，人就稍稍善良，哪怕是一点点，是暂时的。徐每次也都招手。这是最末一次了，我似乎看见他没有。他拿着一张封条，黏得不结实，落了下来，封条上印着学校名称。也许，这是偶然。

我越是对徐不大清楚，就越想探究。他分明不是个无足轻重的人，我放不开他，何况又没有第三个人！我没有太大耐性，又不专注，什么事上都未免浅尝，且又流连，顾盼，旁涉，断续，对于这样一个"整块"的人简直无所施其技。瞻之在前，忽焉在后，可是他就是那样，动也不动，不避让，不遮饰，不狡诡，不装模作样，不要你逗你，甚至没有在意你在窥伺他。我的时候不多了，我的急于下结论的老毛病就更厉害起来。我喜欢投机取巧，走捷径，老想用一两句话说尽了一件事，一个人，我简直想把人生也笼括在几个整整齐齐的排句里。——我这份鬼聪明！当然，有时没有话找话说，为的应急。我像小孩子用帽子扣麻雀似的那么抓了几句：

这个人，他真是来"送行"了，他就是来做这么一回事，送是送了，可是不是送"人"。好像送行这回事可以单独存在，无借于行的人，即使有人吧，人是行的一部分，所有的人格只在行这一点上才有意义，或者说，一个象征。……

这一串字才成胚，我就知道不是我要的样子。我只是借题发挥。这倒是说了我自己。说出我的好高骛远的妄想。我从来不肯一步一步地走，不肯剥茧抽丝地拆开一个东西看，（我连一个表都修不好！）我记起有一次跟徐谈法布尔，我不能不承认他对这位孩子的朋友，昆虫的爱好者，比我知道得多得多，我跟他辩论过，（唯一的一次辩论；其实不是辩论，在他面前，我好像随时放弃一切我已持意见，尽找一块可以托足地位站一站，好跟他抗衡，他则以静待动地借了我而一层一层地往里说，）他说法布尔怎么样只好算个诗人，（"孩子的朋友""昆虫的爱好者"是他用的字，）要说他是个科学家也可以，看你对科学家下的定义如何。他说，想象是好的，那也是另一种智慧。好吧，他说我也应当去学诗，连念生物都不顶合适。——幸好我学的是植物分类，我自以为与某些性格尚相调协。我说起这些，为的是表示他和我不同；为的是我因此而对他"没有办法"。因此，我有时有一种潜沉的愤怒。我刚才那么抓了几句满不相干的话，也是借以宣泄一点我的抗议。……

我说他不是送"人"，是我简直怀疑他对于"人"没有兴趣。我的抗议又表示我当然并不相信如此，而且当真并不如此的。正如同我固然不是诗，他也不就是科学，人不是那么单纯的。我抗议是因为不知道他究竟对人是怎么一个看法，然而我相信他有一个看法；因为已经有，就不用说，倒好像我说了便表示实在少得很，近于没有。他又绝非那种说说俏皮话自以为真轻蔑否定得了一切的人，或者许多口口声声说"一无所知"，而表示自己真知道得清楚的人。我就是想象？我的家庭，我的朋友，我的如醉如狂感情，全是想象？……不知道为什么，我因为他简直烦恼起来，好像我活得全不值得似的，特别是我看过他的黑的，大的，不动的，真不秀气而实在有热度的眼睛。……

我抗议，因为他是孤独的。我抗议，他们说他，"怪僻！"……

我因为我不能是他而困扰。他总是那么一整个，我真想把他拆开，搅得乱七八糟，再一点一点地凑起来。今天，我有点得意，因为他格外明显地露出他的纷乱了。当我一揭出，他就更可怜。他显得跟平常不大同。他显得矮了一点，肩膀也不那么方，不那么硬，脸上不那么一是一，二是二，不那么齐整，我甚至觉得他的腿有点虚软，大体上他好像萎了一点，皱了一点，雕刻性减少了一点，光和影含糊暧昧些。我曾经说"无损于他的深沉稳重"，是的，他仍旧是深沉稳重，但你感觉得到他在那儿支撑。虽然只是一点点剥蚀，一点裂缝，正因为本来是那么坚固，你觉得这个石像不复像平日一样在座子上立得那么泰然了。走下一段路来，说了一阵子话，我相信不是错觉。因为虽然我明天要走，我没有觉得自己有什么剧显的变。我相信，不是"想象"！我得意，因为我居然对他有一种从未有过的感情，怜悯。不知道为什么，我觉得他今天比我弱，至少，跟我一样的弱。

我并不一直咬着他不放，我之所感远较我写出来的要朦胧得多，零碎，起落，正反，拾起又扔掉，迟疑中已为他事所乱，我的兴趣仍是在说说话。从车站到学校有一段路，又静又平，一棵一棵的尤加利，一粒一粒的石头，一步一步地走，脚下踹起萨萨的声音，间或一队从山里来的驮马摇着它们项下生铜铃，缓慢悠远，忽然紧碎起来，当那些马撒开四蹄飞奔的时候。我说得很多，说这里的风物，说这几年的生活，说书，说人，同学，教授。不知是什么道理，我居然把这些东西牵连得起来，似乎还首尾相应，可以引出一个什么来龙去脉来似的。我得到一种自由，不像平日一样的逡巡荡漾，因势利导，得心应手，时有神来之笔。直到我觉察徐原来那么听着是只需要我的声音，至于我说了些什么，他没有在意，我于是骤然冷了下来，一种难堪的冷漠因为彼此乞求援手的旗语而更暴露了。于是话枯了，像泉水一旦见了底，我们闷着头走路我看到几次他的太阳穴耳下至颚骨颤动了一下，他想说话，这就更糟。这情形他以前极少有。我们走在这儿，像两条平行线，永不会相交。这是怎么回事？我们两个人都走得快起来，步子迈得大了，都感觉这最后一截太长。好了，前面就是墙，门，房子，我松了一口气，我简直是用了长途竞走到达终点的步子窜上了石阶，而且生怕他抢在我前头。——

忽然他从我肩后奔跑过去，这我的心噔噔一阵跳。怎么回事！坐在校医室门口的一个乡下女人一团火似的向他扑了过来？他慌忙急促地开他的锁，越乱，锁一时越弄不开，于是我一面开自己的门一面可以回头看他的样子。两个门同时开了，他的门立刻关上，两个人消失；我轻轻推，推了一半，也用力一送。——

第一个思想：刚才我真不该那么看！然而我怎么办呢？立刻我好像完全明白这是怎么回事。我心里昏茫了一阵，不一会儿即恢复清醒。今天我所观测是确凿的，而且这一阵子我飘忽感觉原来都不该放过。我倒没有全神设想对面屋里的情形，只嚼着自己的孤单，因为无法助人。我不知道如何安排自己，我焦躁，不安，像一匹等待上鞍的马，忽然一下子我对他的印象全变了，而且根本没有印象。我构不出他的面容，只有他那对眉毛，平平黑黑的两道，在虚空中。我不晓得我现在对他感情是什么，好像小孩子玩积木，从底下抽去一块，哗啦啦整个倒了下来！这回事情来得太突兀，超乎我的经验。最后我只有锁了门出去，我还有许多东西要买，而且我已经饿了。我原来想约徐一齐到一个本地饭馆里去吃一顿饭的，我现在决定仍是去那一家，我一个人。我看了看对面那个门，看了看那些花，明红亮白，太阳好旺。

我睡得很晚，我有事耽搁，而且也有意逗留。回来时满地月光，四处极静，看看对面屋子，没有灯。我在自己门前停了停，决定不走过去。东西都已经理好，房间里空空落落，把一本打算在车上看的小说看了三分之一，睡了，我想起前一个月一个展览会中的一幅油画，一个肥硕的女人，睡在猩红的毯子上。虽然没有衣服，正因为没有衣服，你一望而知是个乡下女人，一个夏娃一样的女人。……

第二天起来，推开窗户一看，木匠用两个木条子交叉着钉对面房间的门。我好像并不觉得惊异，好像这正合乎理想。我过去看看，好像去看一个老炮台，旧堡垒。没有什么，地下几张废纸，一个耗子洞很清楚地露在墙角。时候还早，我各处去看看，关照木匠把数学系的门钉了再给我钉，请他把"生物系办公室"那块小木头牌子取下来，我想带了去。我得去把那几棵美国种的剑兰块根挖出来，我是否该带一点原地的土去？……

我一个人上了路没有人跟我招手。再见，我们住了八年的地方！

陈夫妇同时去美，未及一见，也许他们知道那个女人是怎么回事。那一门功课因为原教授已经回来，照样开班。学校已经上了半年课了，迁回战前的原址。我继续教我的书，而且我的剑兰又开花了，一天一天地记载花的发育生长的日记，今天，我用一种极其庄严的态度写下：——第一朵花。

牙　疼

我的牙齿好几年前就开始龋蛀了。我知道它真的不一点都没有坏，是因为它时常要发炎作痛。"牙疼不是病，疼起来要人命"说得一点不错。好家伙，真够瞧的。一直懒得去看医生，因为怕麻烦。说老实话，我这人胆子小，什么事都怯得很。医牙，我没有经验，完全外行。这想必有许多邮局银行一样的极难搞得明白的手续吧。一临到这种现代文明的杰作的手续，我张皇失措，窘态毕露，十分可笑，无法遮掩。而且我从来没有对牙医院牙医士有过一分想象。他们用什么样的眼睛看人？那个房间里飘忽着一种什么感觉？我并不"怕"，我小时候生过一次对口，一个近视得很厉害的老医生给我开刀，他眼镜丢了好几年，眯眯朦朦胧胧之中，颤颤巍巍为我划了个口子；我不骗你，骗你干什么，他没用麻药；我哼都没哼一声，只把口袋里带的大蜜枣赶紧塞一个到口里去，抬一抬头看看正用微湿泪光的眼睛看我的父亲。我不去医牙完全是不习惯，不惯到一个生地方，不惯去见一丝毫不清楚他底细的人。——这跟我不嫖妓实出于同一心理。我太拘谨，缺少一点产生一切浪漫故事的闯劲。轻重得失那么一权衡，我怎么样都还是宁愿一次又一次地让它疼下去。

初初几次，沉不住气，颇严重了一下。因为看样子，一点把握都没有，不知道一疼要疼多少时候，疼到一个什么程度。慢慢经过仗阵，觉得也不过如此。"既有价钱，总好讲话。"牙是生出来的，疼的是我自己，又不是我要它疼的，似乎毋庸对任何人负责，因此心安理得。既然心安理得，就无所谓了。——我也还有几个熟人朋友，虽未必痛痒相关，眼看着我挤眼咧嘴，不能一点无动于衷。这容易，我不在他们面前，在他们面前少挤挤咧咧就是了。单就这点说，我很有绅士风度。事实上连这都不必。朋友中有的无牙疼经验，子非鱼他不明白其中滋味，看到的不过是我的眼睛在那儿挤，嘴在那儿咧而已，自无所用其恻隐之心。多数牙也疼过，（我们那两年吃的全差不多，）则大半也是用跟我一样的方法对付过去。忍过事则喜，于此有明证焉。他们自己也从未严重，当然不必婆婆妈妈地来同情慰问我。想来极为惋惜，那时为什么不成立一个牙疼俱乐部，没事儿三数人聚一聚，集体牙疼一下呢，该是多好玩的事？当时也计划过，认为有事实上的困难。（牙疼呀，你是我们的誓约，我们的纹徽，我们的国，我们的城。）慰情聊胜无，我们就不时谈谈各人牙疼的风格。这也难得很。说来说去，不外是从发痒的小腹下升起一种狠，足够把桌上的砚台，自己的手指咬下一段来；腿那么蜷曲起来，想起弟弟生下来几天被捺下澡盆洗身子，想起自己也那么着过；牙疼若是画出来，一个人头，半边惨绿，半爿炽红，头上密布古象牙的细裂纹，从脖子到太阳穴扭动一条斑斓的小蛇，蛇尾开一朵（什么颜色好呢）的大花，牙疼可创为舞，以黑人祭天的音乐伴奏，哀楚欲绝，低抑之中透出狂野无可形容。……以此为题，谈话不够支持两小时。此可见我们既缺乏自我观照，又复拙于言辞，不会表现。至于牙疼之饶有诗意，则同人等皆深领默会的。曾经写过两行，写的是春天：

看一个孩子放也放不上他的风筝，

　　独自玩弄着一半天的比喻和牙疼。

诗写得极坏，唯可作死心塌地地承认牙疼的艺术价值的明证耳。我们接受上天那么多东西，难道不能尽量学习欣赏这个可遇而不可求的奇境吗？吓。

　　但人不能尽在艺术中呼吸，也还有许多实际问题。首先，牙一疼影响做事。这个东西解又解不下来，摔又摔不掉，赶又赶不走像夏天黏在耳根的营营的蚊雷，有时会教人失去平和宁静的；想不得，坐不住，半天写不出两行。有一回一个先生教我做一篇文章，到了交卷限期，没有办法，我只有很惭愧地把一堆断稿和一个肿得不低的腮拿给他看。他一句话不说，出去为我买了四个大黄果，令我感动得像个小姑娘，想哭。——这回事情我那先生不知还记不记得？再有，牙疼了不好吃东西，要喝牛奶，买一点软和的点心，又颇有困难。顾此失彼，弄得半饱半饥，不大愉快。而且这也影响工作。最重要的，后来一到牙疼，我就不复心安理得，老是很抱歉似的了。因为这不复是我一个人的事情。有一个人要来干涉我的生活，我一疼，她好像比我还难过。她跟我那位先生一样好几个牙都是拔了又装过的。于是就老想，那一天一定去拔，去医。

这时两边的牙多已次第表演过，而左下第二臼齿则完全成了一口井。不时缤纷地崩下一片来，有的半透明，有的枯白色，有的发灰，吃汤团时常裹在米粉馅心之间，吐出来实不大雅观。而且因为一直不用左边的牙，右边嚼东西就格外着力，日子久了，我的脸慢慢显得歪起来。天天看见的不大觉着，我自己偶尔照镜，明白有数。到了有一次去照相馆拍照，照相技师让我偏一点坐，说明因为我的脸两边不大一样。我当时一想，这家伙不愧是个照相技师，对于脸有研究，有经验！而我的脸一定也歪到一个不容忽视的地步了。我真不愿意脸上有特色引人注意，而且也还有点爱漂亮的，这个牙既然总要收拾的，就早点吧。——当然我的脸歪或许另有原因。但我找得出来的"借口"是牙。

那个时候，我在昆明。昆明有个三一圣堂，三一圣堂有个修女，为人看牙。都说她治得很好，不敲钉锤，人还蛮可爱的；联大同学去，她喜欢跟你聊，聊得很有意思。多有人劝我一试。我除了这里不晓得有别的地方，颇想去看看那个修女去了。不过我总觉得牙医不像别的医生。我很愿意我父亲或儿子是个医士，我喜欢医生的职业风度。可我不大愿意他们是牙医。一则医生有

牙痛

1
3
3

老的，有年轻的，而我所见的牙医好像总是那么大年纪，仿佛既不会大起来，也没有小过，富有矿物性。牙医生我总还以为不要学问，就动动家伙，是一种手艺人。我总忘不了撑个大布伞，挂个大葫芦，以一串血渍淋漓的（我小时疑心是从死人口里拔下来的）特别长大牙齿作招牌的江湖郎中。一个女的，尤其一个修道女做这种拿刀动钳子事情，我以为不大合适。"拔"，这是个多厉害的字！但这是她的事，我管不了。有时我脑子清醒，也把医牙与宗教放在一起想过，以为可以有连通地方。我记得很清楚，我曾经三次有叩那个颇为熟悉的小门的可能。第一次，我痛了好几天，到了晚上，S陪着我，几乎是央求了，让我明天一定去看。我也下了决心。可第二天，天一亮，她来找我，我已经披了衣服坐在床上给她写信了。信里第一句是：

"赞美呀，一夜之间消退于无形的牙疼。"

她知道我脾气，既不疼了，决不肯再去医的，还是打主意给我弄点什么喜欢吃的东西去。第二次，又疼了，肿得更高，那一块肉成了一粒樱桃色的葡萄。不等她说，我先开口："去，一定去。"可是去了，门上一把锁，是个礼拜天。礼拜天照例不应诊。我拍掌而叫，"顶好！"吃了许多舒发药片，也逐渐落了下去如潮，那个疼。我们那时住在乡下，进城一趟不容易，趁便把准备医牙的钱去看了一场电影。我向她保证，一定看得很舒服，比医医牙更有益，果然。第三次，则教我决定了不再去了，那位修道女回了国，换了另一个人在那里挂牌。不单是我，S也是，一阵子惆怅。她比我还甚，因为修女给她看过牙，她们认得。她一直想去看看她，有一个小纪念礼物想在她临走之前送她带去的。人走了，只有回去了。回去第一件事是在许多书里翻出那个修女所送的法文书简集，想找出夹在里头的她的本国地址。可是找来，找去，找不着。这本书曾经教一个人拿去看过，想是那时遗落了。这比牙疼令人难过得多。我们说，一本精致一点的通讯册是不可少的，将来一定要买。战争已经结束了，人家都已返国了，我们也有一个时候会回乡的吧。

还好，又陆陆续续疼了半年，疼得没有超过记录，我们当真有机会离开云南了。S回福建省亲，我只身来到上海。上海既不是我的家乡，而且与我待了前后七年的昆明不同。到上海来干什么呢？你问我，我问谁去！找得出的理由是来医牙齿了。S临别，满目含泪从船上扔下一本书来，书里夹一纸条，写的是：

"这一去，可该好好照顾自己了。找到事，借点薪水，第一是把牙治一治去。"

感激我的师友，他们奔走托付，（还不告诉我，）为我找到一个事。我已经做了半年多，而且我一个牙齿也拔掉了。

轻拈慢拨了几回，终于来了一个暴风式的旋律。我用舌头舔舔我那块肉，我摸不到我自己，肿把我自己跟自己隔开了。我看别人工作那么紧张，那么对得起那份薪水，我不好意思请假。我跟学生说，因为牙不大舒服，说话不大清楚，脑子也不顶灵活，请他们原谅我。下了课，想想，还是看医生。前些时我跟一个朋友的母亲谈起过我的牙疼，她说她认得一个牙医，去年给她治了好几回，人蛮好的，我想请她为我介绍一下。我支了二十万块钱理直气壮地去了。

哈，我终于正式做了个牙齿病人！也怪，怎么牙医都是广东人，不是姓梁就是姓麦，再不就姓甘！我这位姓梁。他虽然有一种职业的关心，职业的温和，职业的安静谦虚，职业的笑，但是人入世不很深，简直似乎比我还年轻些，一个小孩子。候诊室里挂几张画，看得过去。嘻！有一本纪德的书呢。我在沙发上坐了一会儿，看了几页书，叫我了。进去，首先我对那张披挂穿插得极其幽默的椅子有兴趣。我看他拉拉这儿，动动那儿，谨慎而"率"，我信任他。我才一点都不紧张。我告诉他我这个牙有多少年历史，现在已残败不可收拾，得一片一片地拈出来，恐怕相当麻烦吧。我微有歉意，仿佛我早该来让他医，就省事多了。他唯唯答应，细心地检视一遍之后，说"要拔，没有别的办法了。"那还用说！给我用药棉洗了洗，又说一句，两万块。别人要两万五，×老太太介绍，少一点。我简直有点欢喜又有点失望了，就这么点数目。我真想装得老一点，说"孩子，拔吧。"打了麻药针，他问我麻不麻。什么叫"麻"呢，我没有麻过的经验，但觉得隔了一层，我就点头。他利利落落地动钳子了。没有费什么事，一会儿工夫牙离了我，掉在盘子里。分两块，还相当大，看样子傻里瓜几，好像没睡醒。我看不出它有什么调皮刁钻。我猜它已经一根一根的如为水腐蚀得精瘦的桥桩，是完全错误。于此种种，得一教训，即凡事不可全凭想象。梁医生让我看了牙，问我"要不要？"唔？要它干什么？我笑了笑。我想起一个朋友在昆明医院割去盲肠，医生用个小玻璃瓶子装了酒精把割下来的一段东西养在里头，也问他"要不要？"他斜目一看，问医生"可以不可以炒了吃？"我这两块牙不见得可以装在锦盒里当摆设吧，我摇摇头。"当"的一声，牙扔在痰盂里了。我知道，这表示我身体中少了一点东西了，这是无法复原的。有人应当很痛惜，很有感触。我没有，我只觉得轻松。稍微优待自己一下，我坐了三轮车回来。车上我想，一切如此简单，下回再有人拔牙，我愿意为他去"把场"。

第二天第三天我又去换了换药，梁医生说，很好，没有事了。原来有点零碎牙的地方，用舌尖探了探，空空的，不大习惯。长出一块新肉，肉很软，很嫩，有如蛤蜊。肉长得那么快，我有点惊奇。我这个身体里还积蓄不少机能，可以供我挥霍，神妙不可思议，多美！我好像还舍不得离开那张躺着很舒服的椅子，这比理发店的椅子合乎理想得多。他这屋里的阳光真好，亮得很。我半年没见过好好的太阳，我那间屋子整天都是黄昏。看一看没有别的病人，静静的，瓶里花香，我问梁医生"你没有什么事吧？我可以不可以抽一支烟？"他不抽烟，给我找了个火。我点着烟，才抽了一口，我决不定是跟他谈纪德的《地粮》对于病人的影响还是问问他到上海来多少时候，有时是不是寂寞。而梁开口了："你牙齿坏了不少，我给你检查检查看。"好嘿。他用一根长杆子拨拨弄弄，（一块不小的石粒子迸出来，）他说"你有八个牙须要收拾，一个要装，两个补；三个医一医，医了补；另外两个，因为补那个牙，须锉一锉，修一修。"他说得不错，这些牙全都表演过。他在一张纸上加加减减，改改涂涂，像个小学生做算术，凑得数凑不上来，我真想帮他一手。最后算出来了，等于24万。算着算着，我觉得真是不能再少了，而一面头皮有点痒起来。我既感激又抱歉。感激他没有用算盘，我最怕看人打算盘打得又快又准确。抱歉的是我一时没有那么多钱。我笑了笑，说"月底我再来吧。"我才抽了一口的那根香烟，因为他要检查牙，取下放在烟灰碟里的，已经全烧完了。看了它一眼，我可该走了。

出了门，我另外抽了根烟。梁说那个牙要是不装，两边的牙要松，要往缺口这儿倒；上头那个牙要长长。长长，唔，我想起小时看过些老太婆，一嘴牙落完了，留得孤零零的一个，长得伸出嘴唇外头，觉得又好玩又可怕。唔，我这个牙？……不至于。而且梁家孩子安慰我说短时间没有关系。我要是会吹口哨，这时我想一路吹回去。八年全面抗战，八颗牙齿，怎么这么巧！

这又早过了好几个月底了，那个缺口已经没有什么不惯，仿佛那里从来也没有过一个什么牙齿。我渐渐忘了我有一件很伟大的志气须完成，这些牙须要拾掇一下。我没有理由把我安排得那么精美的经济设计为此而要经过一番大修改。我不去唱戏，脸歪不歪也不顶在意。我这人真懒得可以。只是这两天一向偏劳它的右臼齿又微有老熟之意，教我不得不吃得更斯文，更秀气，肚子因而容易饿了，不禁有时心里要动一动。我想起梁的话，牙齿顶好不要拔，可惜的，装上去总不是自己的了。但一切如在日光下进行的事，很平和，似有若无，不留痕迹，顺流而下。我离老还很远，不用老想到身体上有什么东西在死去。

前天在路上碰着一个人，好面熟，我们点了点头，点得并不僵。——这是谁？走过好几步，我这才恍然想起，哦，是给我看牙齿的那个梁医生。我跟他约过，……不要紧，在他的职业上，这样的失信人是常常会碰到的。

战争到什么时候才会结束？战争如海。哼，我这是说到哪里去了，殆乎篇成，半折心始，我没想到会说了这么多。真不希望这让S看见，她要难过的。

斑 鸠

我们都还小，我们在荒野上徜徉。我们从来没有过那样的精致的，深刻的秋的感觉。

秋天像一首歌，溶溶地把我们浸透。

我们享受着身体的优美的运动，用使自己永远记得的轻飘的姿势，跳过了小溪，听着风流过淡白的发光的柔软的草叶，平滑而丰盈，像一点帆影，航过了一大片平地。我们到一个地方去，一个没有人去的秘密的地方，——那个林子，我们急于投身到里面而消失了。——我们的眼睛同时闪过一道深红，像听到一声出奇的高音的喊叫，一起切断了脚步。多猛厉的颜色，—— 一个猎人！猎人缠了那么一道深红的绑腿，移动着脚步，在外面一片阳光，里面朦朦胧胧的树林里。我们不知道我们那里也有猎人，——从来没有看见过，然而一看见我们就知道他是，非常确切地拍出了我们的梦想，即使他没有——他有一根枪。太意外又太真实，他像一个传说里的妖精出现在我们面前，我们怕。我忘不了我们的强烈的经验，忘不了——他为什么要缠那么一道深红色的绑腿呢？他一步一步地走，秋天的树林，苍苍莽莽，重叠阴影筛下，细碎的黄金的阳光的点子，斑斑斓斓，游动，幻变，他踏着，踏着微干的草，枯叶，酥酥的压出声音，走过来，——走过去了。红绑腿，青布贴身衣裤。他长得瘦，全身收束得紧紧的。好骨干，瘦而有劲，腰股腿脚，处处结实利落，充满弹性。看他走路，不管什么时候有一根棍子剧速地扫过来，他一定能跳起来避过去的。小脑袋，骨角停匀而显露，高鼻梁，薄嘴唇，眼目深陷，炯炯有光，锐利且坚定。——动人的是他的忧郁，一个一天难得说几句话的孤独地生活着的人才可能有的那种阴暗，美丽的，不刺痛，不是病态的幽深。冷酷吗？——是的。我们从来没有见过一个这样的不动声色的人，这样不动声色对付着一个东西。一看就看出来，他所有的眼睛都向外看，所有耳朵都听，所有的知觉都集中起来，所有的肌肉都警醒，然而并不太用力，从从容容地，一步一步地走。树不密，他的路径没有太多折曲歪斜。他走着，时而略微向上看一看，简直像没有什么目的。用不着看，他也确定地知道它在哪里。上头，一只斑鸠。我们毫不困难地就找到了那只斑鸠，他的身体给我们指了出来，这只鸟像有一根线接在他身上似的。是的，我们像猎人一样的在这整个林子里只看得见一只斑鸠了，除此之外一无所见了。斑鸠飞不高，在参差的树丛里找路，时而从枝叶的后面漏出瓦青色的肚子，灰红的胸，浅白的翅胛，甚至颈上的锦带，片段的一瞥。但是不管它怎么想不暴露它自己，它在我们眼睛里还是一个全身，从任何一点颜色我们复现得出一个完整的斑鸠。它逃不出它的形体。它也不叫唤，不出一声，只轻轻地听到一点鼓翅声音，听得出也是尽量压低的。这只鸟，它已经很知道它在什么样的境遇里了。它在避免一个一个随时抽生出来的弹道，摆脱紧跟着它的危机，它摆脱，同时引导他走入歧途，想让他疲倦，让他废然离去。它在猎人的前面飞，又折转来，把前面变后面，叫刚才的险恶变为安全。过去，又过来，一个守着一个，谁也不放弃谁。这个林子充满一种紧张的，迫人的空气，我们都为这场无声的战斗吸住了，都屏着气，紧闭嘴唇，眼睛集中在最致命的一点上而随之转动。勇敢的鸟！它飞得镇定极了，严重，可是一点没有失了主意，它每一翅都飞得用心，有目的，有作用，煽动得匀净，调和，渐渐的，五六次来回之后，看出来飞得不大稳了，它有点慌乱，有点踉跄了。——啊呀，不行，它发抖，它怕得厉害，它的血流得失了常规，要糟！——好快！我们简直没有来得及看他怎么一抬枪，一声响，哓极了，完了，整个林子一时非常的静，非常的空，完全松了下来。和平了，只有空气里微微有点火药气味，——草里有什么小花开了？香得很。

猎人走过去，捡了死鸟，（握在手里一定还是热的）抍去沾在毛上的一小片草叶子。斑鸠的脖子挂了下来，在他手里微微晃动，肚皮上一小块毛倒流了过来，大概是着地时擦的。他理顺了那点毛，手指温柔抚摸过去，似乎软滑的羽毛给了他一种快感。枪弹从哪里进去的呢？看不出来。小小头，精致的脚，瓦灰肚皮，锈色的肩，正是那一只啊，什么地方都还完完整整的，好好的，"死"在什么地方呢？他不动声色地，然而忧郁地看了它一会儿，一回头把斑鸠放进胁下一个布袋子里，——袋子里已经有了一只野鸡，毛色灿烂的一照。装了一粒新的子弹，背上枪，向北，他走出了这个林子，红色的绑腿到很远很远还看得见。秋天真是辽阔。

现在我们干什么呢，在这个寂寞的树林里？

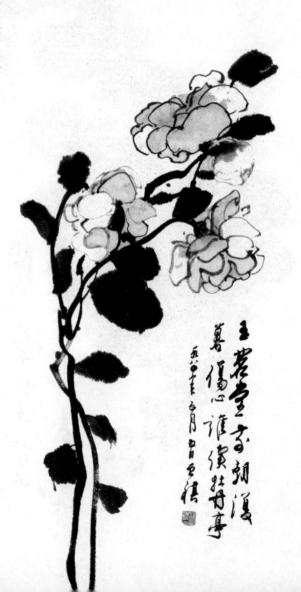

玉茗堂前朝露
暮傷心誰續牡丹亭

乙酉年六月雪堂祺

卦　摊

——阙下杂记之一

初到北平，哪儿都不认识——充满了新鲜。从东安市场到沙滩不是最普普通通的一条路吗？住在沙滩的人都熟，我后来也都熟透了。可是刚到的那一天，他们带我上市场吃晚饭，晚上回来，那天没有灯，黑黑的，我觉得这条路上充满了东西，全都感动我，我有点恍恍惚惚，我心里不停地有一个声音：我到了一个地方，我到了一个地方。我一点不认识，而且我根本没有要去认识路，他们告诉我"哎，转弯。""哎，哎，曾祺。"……全都殷勤极了，我像一个空船，一点担负都没有。……我们上公园去。从沙滩坐三轮。我在三轮车上不觉路之远近，我放开眼睛看，觉得这条路很好。车子一转，"这条路好！"从街市转入冷巷，像从第一页（书）到了第二页，前面的多方的印象流入统一的，细致的叙述。车在城墙下平路上走，城墙，河水，树，柏树，胶皮轮子唑唑的响，天气好，爽快，经过一个地方，又是城墙，河水，柏树，稍微杂乱一点，一点人工，一点俗，——到了。很难找到什么话说出我对公园的初次印象。很像一个公园。——这就是说很难产生一个印象，一个比较具体的，完整的，肯定，毫不犹豫，不由理智整理过的印象。公园总有点乱，一点俗，一点人为的痕迹。回来，我倒是记得那条路。城下的路。我记得那条路上有好些测字摊子。那条路我说不出来，我说"那条路上有好些测字摊子"，就代表了我对路的感情了，我觉得很表达出来了，听着，看到我说话的样子，他们也都懂了。这条路是一个喜悦。

那条路是东华门至西华门，太庙后河沿至公园后门的路，紫禁城下的路，当中所经过的那"一个地方"是午门的前面，阙左门与阙右门之间，即我现在所在的地方。我对于这个地方，这条路可以说是很熟的了。我现要说那些测字摊，卦摊。——这种摊子我一直都称之为测字摊，这也许是我的家乡土话，或者是因为我们那里这种摊子乃是以测字为主，虽其所业类皆不以测字为限，且或有根本就不给人测字者，我们则一律名之为"测字摊子"了。按测字当作拆字，拆析字画，加以添减，附会阴阳时日之数以说，为人剖置疑信灾祥之术也，但小时看测字先生放置字卷的铜制或木制小斗的正面所写的正是"测字"这两个字，遂深深地记下了。"测"自较"拆"字更深一筹。"测"者猜测之谓，许多事情本就是猜测猜测而已，哪能就当得真呢，拆字若是直白，测字似更宛转，各有所长，难可抑扬之也。我唯在昆明翠湖公园昆华图书馆前的石凳上看到过一个，那真是"拆（！）字"的。一个老头子，一个普普通通的老头子，他坐在石凳上你以为他就是坐在那里而已，是个坐在那里休息休息的人，不以为他是干什么的。他没有布匾桌帏，没有桌子，没有八卦太极之类东西，没有一点神秘的，巫术的，没有神秘与巫术被否定了之后的漂泊的存在的嘲笑空气，使人相信的热心已经失去，但不得不对自己的热心作无望的乞怜的难堪的无力的挣扎，没有那种露出了难看的裸体，希望人家不必细看的悲哀的声音，没有"混碗饭吃吃"的最卑下的生活态度，没有"江湖气"，他有一个墨盒一支笔，你甚至连一个墨盒一支笔都不觉得他有，一点都不惹你注意。

他的唯一的特点是：质朴。质朴是他的一切。我们不知道怎么知道他是个测字的，事实上我至今仍找不出什么理由能够断定他是，除非是我们看见过他拆过。我们很少看见过。我们都看见过，但是都很少，仿佛每个人都有机会看到一次，不同的一次，那简直是滑稽！他根本不"会"，不像，不是那么一回事。如果有最不适于做这样的事的，那是他。我们任何一个人都可以比他做得更好的。简单到不能再简单，写一个字，三五句话就完了，来拆字的还不走，等着，看看他：完了吗？——完了！看他样子，不想再说一句话，也没有一句话说了。他也没有觉察到他的顾主还没有满足，还在等。像从一个瓶子里倒出一粒豆子，没有了。给下钱，不走还干什么呢？走，这位先生心里实在莫名其妙。测字算卦也者，本来就是把你心里的话给你说出来，把你的路理一理，给你的纷纭一个暂时的秩序，把某些话颜色加深，加深而且联系起来，让原有的趋势成为一个趋势，淤滞的流得更畅，刷带两岸泥沙，成为欢乐的奔赴，叫你听见你的声音，你的颤摇的，咻咻的，钟情的语言，你的泪和你的笑，让你甜蜜地做一次梦。是的，做一次梦，让你得到安慰于是有勇气。温暖的，抒情的职业，体贴，想象，动人的语言，诗人啊，不是什么"哲学家"！可是他是质朴的，他一点没有说"到"他的心里去；他没有得着他想要的：感动。他走在林荫路上，他的脸对着风景，他觉得渴，他为一种东西燃烧起来了，他的虚有所待的肉体满是欠缺，一窝嗷嗷的黄口（的鸟）。他质朴地穿着青布衣服，质朴地坐着，毫无所"动"。从从事职业到从职业里退出来没有分别，没有界线，没有过程。说话的多少有什么关系呢，他没有说话，没有话，除了一句：他是永久的质朴。他坐在那儿，不想。他不是空洞的，他有他的存在，一个本然的，先于思想的存在，一个没有语言的形象。我们觉得很奇怪，我们奇怪他怎么会是一个拆字的。这是不可能的，正如我不可能"是"你。他之能够继续在那里，是因为他已经在那里很多年了。（这也不是个拆字的地方。）我们常常有一阵，天天，看见他，从石桥上下来，他一定"在"。有一天不在，比如下了大雨之后，我们一定会觉得他的不在的。——可是北平不叫拆字摊子也不叫测字摊子，北平叫"卦摊"，"卦——摊儿"，我听白书痴先生说，"我们这个卦摊（儿）……"好的，"卦摊（儿）！"我们照他念。

　　翠湖的雨后。那些树，树在路上的影子，水的光。东边那条堤，郁塞的，披纷的水草，过饱的欲望，忧愁。有时一只白鹭把一切照亮了。昆华图书馆后面盈盈的水上的一所空空的，轩敞的，四边是窗户的，将要欹圮的楼……

昆明的卦摊都是在晚上出来。是的，"出来"了。这是两个再好没有的字。白天都没有的。白天有的是另一种。白天的多半是外来的。所谓外来是因为抗战而从本来与云南没有密切的关系的外省地方而来的术士。这些术士本来大多在南京上海汉口长沙等大都市为往来客商，达官贵人，姨太太，军官看相算命的。——否则来不了，也不来昆明。多半可以住在旅馆里，在街上贴了帖子，某日起在某大旅舍候教，旅馆外面挂一长方镜框，白纸黑字，浓墨大书什么居士，什么什么子，字体多为颜柳，用笔必重。虽有于名号上冠以"峨眉"字者，实以江南与湖北人为多。阔得很阔，且势所必然，与政治（！）与走私运鸦片等类事有关系，盖已是一"要人"，不可复以命相家目之也。可是也有潦倒下来，只能借半开半闭的店肆檐下一角地摆一个卦摊子的。护国路护国门内有一个"奇门遁甲"。我们都对这个"奇门遁甲"有颇深的印象。一者，云南没有奇门遁甲，那么复杂的家具好些本地人或许还没有见过。一个大木盘，堆着简直有两三百小茶杯口大的象棋子样的刻着各样的字的木饼子，噼噼啪啪搬来搬去，实在是很了不得的样子。我们认得他，不知道他叫什么名字，名之为"奇门遁甲"。再者，我们所以为他吸引，主要是因为他的感情，因为他的综杂的客意。他不得意，他有屈辱之感，他的艰难的衣食反激他本来有的优越之感时时高涨。初到云南的外省人都有一种固执的优越感对着他同等级的本省人。工人对工人，学生对学生，算卦的对算卦的以及与算卦有关甚至无关的人。他的屈辱与优越不停地解结造成他的冷淡。这在他的白白的瘦脸上表现得很清楚，在他的瘦白的脸上发一点黄，在他的眼珠里发紫，在他的削薄的悲苦的上唇上生几根根淡淡的胡子。他终日拢着手，淡淡地对着长街。他不跟人说话，因为他的下江口音和他的扁扁的干燥的嗓子。有时有一个生意，他噼噼啪啪搬动木饼子，他有点急切，一点兴奋，他的指头又瘦又长，神经质地伸出去，翘起来。没有人，有时，他也忽然热心地，念念有词，目光灼烁地搬动一阵，于是又是冷冷的了。也许因为他的了不得的，教人猜不透，不知道是怎么回事，因而总觉得它一定有道理的那套家具；更可能就因为他那种神情，那种失败的，怨懑的，冷冷淡淡，呼求然而又蔑视的不平衡的，戏剧的情绪的泄露，最有力的或者是蔑视，人会向蔑视走过去的，他的生意一天一天的好，后来简直非常地好起来了。他使这条街改了样子。他阔了。对面一家湖南馆子常给他送一碗面作点心。他本来虽然一直是整洁，（整洁是他的标志，他的骄傲）可是不可掩饰的寒微的灰布长衫换成了好质料的夹袍、棉袍，……是二手货，从拍卖行里买来的，都有点旧，然而是化了细心挑来的，料子好，除了一两处（可惜的一两处）不完全合身之外，全都妥帖，他很在意衣服，包含爱美的与功利的目的。是旧货，但是别忙，他就要新起来，卖旧的，买新的，他会穿得到哪里都走得出去的，到他那些要到的地方！于是他说话了，他跟街坊邻舍男男女女搭讪了，他笑了，他脸上好看多了，他发了一点胖，虽然指头仍是瘦长瘦长的。我不再看他，我对他已经完全失去兴趣。……他年纪不大，三十多岁，至多不过四十，头发留得很长，总是梳得很整齐，有点女人气，像个唱旦角的票友。

树挪死，人挪活，抗战十四年，多少人到内地活了一遭过来了。现在我们要说那些本土旧有的，那些老卦摊子。像一切乡土的东西一样，时间对他们没有多大的影响，从我们来，到我们走，他们简直没有变动，第一次看见跟最后一次看见没有什么两样，完全是那"一个"，八年在他身上不过是两天，没有意义的两天。什么都已经定了，就像茶杯已经是茶杯，除非唯一的变，是死，——没有了。世间没有永恒，永恒常近于虚设。这种土卦摊有的规模较大，设肆挂牌，栽花养猫，是卦铺不是卦摊了。我们说卦摊。我们晚上出来蹓街，在大光明影戏牌前头，青年会外面，崇仁街新亚酒店不像是酒店，像仓库，像从小山脚下旷野之中移来的朴拙的石砌建筑的外面，在繁华的夜市的旁边，在铁匠铺，麻绳水桶铺，卖宝石顶子珊瑚朝珠，老光水晶眼镜的小古董铺子的檐前人行道上；在光华街云瑞公园对面，我们就看见这些卦摊了。——是的，有卦铺，卦铺多有玻璃隔扇，玻璃擦得很亮，充满太阳，白粉墙，各种照片，菊花。……卦铺属于白天，卦摊属于夜。白天也有卦摊，但至若存若亡，无足轻重，没有颜色，没有生命，犹如道旁一张废纸。晚上来了，星星在都市的长街上空亮起来，天上有一点淡淡的，不动的，发光的云，底下，——人；慢慢地洄转着，发出水的声音，泡沫的声音，绸缪而轻软，酝酿着一种不可知的，微带喜剧气味的朦胧的意义，卦摊一个一个点起了它们的灯。于是，这才醒了，"充满"了，是的，"出来"了。六七点钟以后，云瑞公园前头描写一个失去的时代，一章温柔的，无力的，晚期的历史，一个梦。云瑞公园对面是甬道街，路的交口形成半月形，留出一块不小的场子。当中一圈冬青围着一个水池，最初也许是伞一样的喷着水的，现在则总是不断地汩汩地涌出不到半尺高。晚上喷泉只汩汩地响，跟场子后面许多地方都被灯光遮没了，看不见了。一个梦，梦一样的灯。水池前面，路边，摆满了一长列摊子，卖烟，卖蜜饯，卖米花，铁豆，葵瓜子，卖麦粑粑，卖糖，卖羊血豆花米线，卖猫菜（牛马碎肉切之为末），卖煤鱼，卖甘蔗，梨，橘，或柿子，柿饼子，卖馄饨，卖烧饵块，……或为男，或为女，或为满面辛劳的脸，或为稚嫩柔软的脸，衣着姿势，各有不同，吆喝着，敲击着锅瓢或特有的响器，嘈嘈切切，热闹非常，然而又合成一种无比的静意。声音并不堆积起来，一面升起，一面失去，所以总维持一定的密度，如鱼在水，各不相及。他们大都点着灯，有不带灯的则把货物摆在别人有余的光底下。一盏一盏的灯。电石灯，咝咝地响，——管子别塞住了。一打开就不得了，什么样的气味呀！没有一个闻不到；锡座子高罩的煤油灯，桅灯——或曰马灯，诸葛灯，鸦片烟灯。——烟灯拿来拿去以作各种用处，此地独多。我住在民强巷每天在外面游荡到很晚回去，每天为我开门的驼背老头子手上拿的正是这种灯。他拿着这个灯就跟拿着一个象征似的。这些灯都有足够的亮，而且彼此融合起来，造成一段连绵的辉映，不停地有一点摇移。有时一阵风，麦浪似的往一边一涌，每个灯焰都拉长了一点，然后又回来，恢复不变的多情的看望。然而这一段光永远既不能高，也不能远，为天，为影子，为更强的光封锁在地面上，每天一度，到十二点，逐渐阑珊失去。在这片灯的沟蒿中，在微黄，雪白，昏瞀，皓洁的流汇之中历历地点出一朵一朵红光来的是卦摊的纸灯。木制为架，作长方形，高可一尺，四边糊以梅红纸，纸上写字，不外文王神课之类，注明卦金若干，或兼带写家信，里面点的是什么呢，看不出来，但可以知道一定有的是烟灯，亮是不怎么亮的，但也一样的是"足够"了。十分鲜明地，热心地，有精神地，安定甚至快乐地照满了方寸之地。灯的后面，测字先生低着头在工作，他兴致很好，脑筋灵活，身体不疲倦，心地平和，不为什么焦虑煎急，不为绝望所苦，他简直是幸福的。一切像梦，他唯在梦里真实，唯在梦里是"醒"的。——喔，我的老天爷，他的长衫里没有衬褂，他的裤子没有屁股，他的脚直接地接触着大地，他既没有穿袜子也没有穿鞋呀！一切在充满感情的红灯下面，在桌帷底下。风摇动着灯，摇动着桌帷。

这些卦摊是本土旧有的，但他们几乎全数是四川人。云南在某个意义上是四川的殖民地。有好些行业完全是川人包办，如在茶馆里"送看手相不要钱"的，蹲踞在凳子上放鞭似的拍着醒木，也放鞭似的用高亢尖锐的声音说书的，卖"白糖糕，太平糕"，卖粉蒸牛肉，牛肉面，担担面的，……他们构成了一部分"四川"，也成了"云南"的一部分，他们从一个土地生长，而是另一个土地的颜色。像一切侨居多年的人，他们早已把"家""搬"到这里来了。他们没有那种客意。——啊，他们的客意是多少年前的，这种客意已经混入他的人格，不会退落，于是也不浮现，他们的固定是他们的漂泊。他们漂泊，且使土地漂泊。——四川人是很容易看出来的，个子大都矮一点，腮没有云南一般人宽厚，嘴比较尖，脑门子稍稍高出，比较精利，比较倔强；而摆卦摊的四川人眼睛常常比较黑一点，因为他们的眼窝子深，因为他们瘦。

……不得不说这一个。这个"云大的老头子"。——语言的价值在它的共通性，同样有价值的是它的区别性。有些话在某些人之间通行，对另一些人则完全没有意义。这些特别的，而在那一些人是极其普通的说法是他们的一个连锁。他们在跟别人说不通的时候，于是，想起从前，想起他们的共通的生活来了。是的，有些说法是独创的，有意的，比如绰号，暗语，简称，……多少经过一种努力，为了一种目的，多少是一种契约的行为。这是一种标榜，是倒因为果，不因说法而产生连锁，倒是为了企图缔结连锁而"采取"某些说法的；当日或可予那个"团体"一种快感，但比起那些未经意识，自然而然，不知不觉中产生的在日后所引起的惆怅，实在轻浮多了，楚人以虎为"於菟"，非知於菟者虎也，而别为之说；於菟是於菟，虎是虎，楚人是楚人也。于是乎楚之人出于楚之国，其怀乡之情是无可假借的是真的。我说这个"云大的老头子"你们怎么会懂得呢？云大是云南大学。但这个"云南大学"并非一个教育机构，或一堆建筑，或其他什么。我们从文林街下来，过玉龙堆，于是是"云大"了。我们的身体降下来，走斜坡，履平地，下雨时水流的声音，避让汽车的姿态，逶迤的墙，夜行的星，我们的饥饿和口袋有钱时的平安感，……这都是"云大"。云大向南，翠湖东路，一棵大尤加利树沙沙地响。有时我们焦急地在云大门口等公共汽车，我们一个约会也许会误了时刻了，好些晚上我们在云大学唱昆曲，我们从柏树下面走过，借着一点远处来的灯光。我们在冬天的时候，去看花，看看那些麻叶绣球，我们认定的迎春花第二年开了。一个很好的女孩子，他们叫她"无所谓"，被人砍了一刀，因为衰弱，TB菌猖獗起来，死了。……我们用一种不愿意提起的，痛苦的心情，不得不想起闻一多先生。……但是我不想在现在哭。

"云大"是我们的生活，要把它下一个定义正如同一个盆子里把漆抓出来一样的不可能。——云大门口，左边，有一个小茶馆，我们叫它"老板娘"，因为管理业务的是一个女人，一个白胖白胖的像一个煮熟的果子一样的，虽然已经超过了年龄，然而极其富于母性的女人。——母性过多有时叫人难过，好像已经很饱了去吃一种黏黏的甜食一样。她的儿子，在茶馆的一角开一个雕字铺，用一种奇怪的兴趣，奇怪的笑容从事工作，用浓墨在虎皮宣上描了好些各种篆隶字体屏条，贴得一墙都是，……我们在这里用高高的，印着福禄寿喜图的粉白粉白的瓷杯子喝过好些时候茶。但是对我们的年龄，对我们的浪子凄怆的心与对于凄怆的热爱不相容，我们在对面，右边，那个很知道什么是生活，从来没有对任何事物，任何语言表示过兴趣的老头子开设的茶馆里喝茶的时候更多。一个老的，最富地方色彩的，下等的

茶馆。墙上一边贴一张红纸告白，我们每次都要这边
看看，那边看看的，一边吃着南瓜子，葵瓜子。记不
全了：

> "走进来……
>
> 一坐下桃园结义，
>
> ……
>
> 要账时三请孔明。"
>
> "……
>
> ……
>
> 任你说得莲花现，
>
> 不赊不赊硬不赊！"

好的，不赊！我们没有想到要他赊过。我们中意他
的"无情"，他的无牵挂，中意他不给我们一点负担。
如果这个茶馆失火烧掉了，我们的惋惜也不致成为痛
苦的，不致使我们"哀毁"。我们记得的是我们自己而
已。我们"信步"而来喝茶，有时很早很早，有时时间
很长，迟到晚间十一二点，一点，到我们不得不回去的
时候。我们用空洞又恳切的，懒散之中溶有不安的眼睛
看看这，看看那。看我们知道的，认得的，很熟很熟的

人一个一个走过来或走过去。有时沈××先生夹了一大堆书呼啦呼啦地往青云街走，李××先生高高地从对面丁字坡下来了；如果他是赶去吃饭，匆匆地一点头；如果不是，点头用另外一个微微不同的方式，而蟹螯似的举起两只手，来了。……就在这里，我们看见那个老头子。不是看见，是"在他的里面"，就像在一棵树底下一样。

他本来在云大，在云大当女生宿舍的门房。——他当另有个名字，或许有人不叫他门房，叫另外的叫法。但也许所有的人都叫他"门房"，人以他为一个门房而已，老门房了。他不知在云大当了多少年的女生宿舍的门房了。可是云大的女生都怕他。他对她们都很不客气。很严厉。他说："我是熊校长派我来管她们的！"于是他就管她们，小姐们对他一点办法都没有，他根本不懂得现实。我们对一个猴子，对一只公鸡，对耗子，对金鱼，我们有一些尽管是错误的了解，但是照着这点了解我们可以用一种方法让它怎么怎么，我们可以训练它，有一个结果。我们不必懂得它的性，但可以处理它，或加给它一个性。可是一个人，在没有把他说通之前你绝不可能使他有所改变。说不通！你可以想得到的，比如有一位先生来找一位小姐来了，他觉得这是不应当的事，于是……他按照他自己的办法处理这些事，把自己参加到里头去，不但态度离奇，且因此误了许多事，造成许多麻烦纠纷，添出许多不必要的痛苦折磨。他没有什么过错，但是他这么忠实于自己可是不行的。这个人在意识上多少是一个疯子，于是他只有离开了。这种疯狂我们是可以了解的，他要不是当了这么多年女生宿舍的门房也许不致如此。这个人的身体里有些东西塞住了，是的，不通了，扭结起来，拧了。我们的身体里有一个深埋的，不可测的危险，每个人有一个危险的老年。——这是可怕的，这种惧怕属于一种原始情绪。也许他的离开云大不是为了这个，也许他根本不是什么"门房"，与云大一点关系也没有，不过我听到的故事是如此，而且我相信。

于是他就出来摆了一个摊子。我们叫他"云大的老头子"。他需要一个名字，于是有了一个。我们自然而然地，不约而同地这么称呼他，在提起他的时候。不用一点说明，毫无困难地就在我们之间通行起来了。这是他的唯一的，当然的名字，我们共有的印象的名字。我们从来没有想到这里头有什么意义，于是他保全了所有的意义。

他最初在茶馆的檐下摆了个摊子，卖书。我们很难想象得到这两个老头子，这个云大的老头子和茶馆的老头子怎么商谈这件事，商谈关于他把摊子摆在他门前这件事的。也许没有谈过，他想到这里好摆，就摆了。第一天摆了来，他也许想：你怎么摆到我这里来了呢？一个人嘀嘀咕咕，嘀嘀咕咕着就出了声音：你个老狗×的，你那点不好摆，你要摆来我这点！他想象自己跟他吵起来了，声音很大，还想象他们扭打起来，旁边围了好些人，狗在叫，巡警穿了黑衣服赶来了。他做了个梦……他笑了，他发现他其实已经同意他了，他没有想把他从自己的身边逐开。老人都很爱自己，于是爱其余的老人。这是真的老吾老以及人之老。可是两老人的关系是很微妙，是超于语言的，他们从不交谈，他们都不爱说话。他们从不孩子似的坐在一排。永远一个屋里，一个门外。两个都曾经是固执的生命！他们一定认识了多年，是"发孩"了。他们小的时候，大了的时候一定同吃过酒，在月夜下同过路，他们相骂，相轻蔑过，他们有过恩也有过仇，都曾是火辣辣的，而在一切全都硬化，全都枯槁的时候，他们在一个屋顶之下来消耗他们的余生。一个说：这是我的，而满意了；一个说：是你的，我不进去！这所房子不正跟他们相合适吗？一座老房子。椽子都黑了，木料要是劈开来颜色一直到里头都是烟黄烟黄的，这些墙，这些石头，——全是时间的痕迹。这里的声音，这里的光线都似乎经过糅合，经过过滤了。这里的地土（云南普通房屋多不铺砖）已经踏实了，下雨天不易起泥；板凳的角都圆溜溜的，碰着了也不痛。东西随着人一起老下来了。——常来喝茶的多是那几个老客人，在一定的时候聚散。……这两个老头子有极相似的地方。有时外边一个席地坐在草垫子上，里边的屈脚坐在炉边，他们所表现的实在是同一个意象，不是一个合影，是一个影子里走出来的。随便找一个地方，比方他们的嘴，一样是那么柔软，那么休息着——那么天真，不带情感的痕迹，细细地看一半天，实在是很有意思的事。有时，茶馆的老头子提茶倒水，张罗生意，有时他把一张桌子翻过来，有点摇晃了，用一把斧子，钉钉敲敲，塞进一片楔子，有时他吃东西，嚅嚅地嚼动，……而云大的老头子则总是坐着，晒着太阳。太阳仿佛一直透到他的身体里，溶解于他的血，带一点极细极细的沙，缓缓地流过他的全身，周而复始；时间在进行。

隔壁烟纸店墙壁上钉一只大凤蝶，乌黑乌黑的一身，尾部碧绿碧绿两块翠斑，一点极细绿点子，光色炎炎，如在燃烧，如在轻轻抖颤，而又非常的，非常的安静。我哭了。我很少有这样的剧烈的经验，这样为美所感动过，我觉得冷，我一身缩得紧紧的，不晓得从什么地方涌出一股痛楚的眼泪。我一生从未见过这么美的蝴蝶。一个奇迹！生命的奇迹！掌柜的说出在广南，他女婿从广南带回来的。

啊不，这两个老头子自有不同的地方。茶馆掌柜有他的茶馆，茶馆有客人。有广黄烟，有羊血豆花米线。有买，有卖。有挑水的来挑水，泥水匠抹炉子，虽然难得，偶尔也换一两把锡壶，有城防捐，营业执照，有晚上的数钱，月终的结账，有摇会，有作保，有断续零落的老花灯调，有飘忽绰约的新闻，有过节空气，有纪念日警察就来叫挂上的国旗，有亲戚的生死，甚至有一两天他居然不在茶馆里！茶馆或者关了起来，或者由别人代管。老头子哪里去了？——做客去了！……总之，他有操作，有经营，有生活，有人事。在生活，在人事中他变得柔软了，温和了，他有时颇是陶然自得的样子了。他有个儿子！整天什么事情不管，平常不大在家，在家则多坐在里面堂屋里，三朋四友，脚搁在板凳上，泡几碗茶，吸着烟筒，大声地说笑，装扮神色，一如帮会中人。有时在里面喝酒，则声音格外高大，把小屋的空气都震动起来，叫每个喝茶的人都觉得不安。最近结了婚。茶馆热闹了一天，扎了彩，两个鼓手吹着唢呐。可是外面茶座上还照样卖茶，喝茶的少了一点，喝茶的多做了客人了。于是多了个年轻女人，穿了绿缎子鞋子，一只眼睛通红的，时常格格地笑，摇摆着新烫的头发，一头油，不停地走进走出，扭着腰，不停地吃东西，花生，铁豆，葵瓜子……可是，以为老头子要不高兴的，不，高兴着呢！这种年轻的，妖荡的空气给老头子一种兴奋，他不那么懵懵懂懂的了，他活泼起来了。而云大的老头子不久就搬了家。

为什么来了，为什么又走了？怎么走的？怎么完成这一个决定的？怎么发了誓，怎么拿起刀来，不可救药地那么一割？是偶然吗？像我们做许多事一样，无所谓，说不出什么理由，高兴怎么样，便怎么样了？可是宁可是荒谬吧，我知道他跟我们不同。他可以被歪曲，不可以被抹杀。我们既不能像他那样一直枯坐在那一个地方，我们就不当把这件事说得那么轻易。是这个羽翼已成的储君说了什么话，用他的眼角，他的鞋尖，他吐的痰，泼的水对他示了意？不会。一个缝穷的老女人，一个卖山林果的孩子也许早被威严的手势赶开了，可是没有人可以赶他。他是强大的，坚持的，不可侵犯的。与其说他被排斥了不如说他排斥了这个地方，排斥了这个空间。

后来我们才对他的摊子有比较真切的认识，不是书摊是卦摊。他的摊子也卖书，也卖卦。但起初实在很不"正式"，大概有一个样子，一个雏形而已。几本本书，疏疏地排成两列。书也很不像是一个书，都非常破旧了，不单是纸色黄暗，失去浆性，脆了硬了，卷了边，缺了角，短了书皮，失去遮护；不单是外貌，它们已经失去那种可以称之为书的本质。里面的语言已经死了，哑了，干涸了，而且也完全失去交易价值。既不是可读的，不是读物，也不可以买卖，不是商品，是我们不知道把它丢到这个世界的哪一个地方是好的"废物"、一些陈旧的形式而已。是的，形式，这是他所需要的。这个摊子就是一种形式，他的形式。他的目的不在买卖，他只需要摆那么几本书在身边，他可以靠它下来。——也不知道从哪里捡来的这么几本破纸！不是职业，是玩具。他另外一种玩具是一支笔。——偶尔居然有人为了对于这个"形式"的兴趣，对于向"他"买，买他这个形式的一部分的兴趣而来，试一问价钱，——大得惊人！我还从未看他开过张。而且讲价都很少，多半只站着看一看而已。看一看的也很少。他整天没有事，木然地坐着而已。除了木然地坐着，他有时伏在地上写字。

用纸，用拆开的香烟盒子，用薄薄的小版，因材就用，各取所宜，长短大小不一，都把它写得满满的。字体很怪，虽然是一个一个的字，而且是很认真地写，但送带之间，不依常法，扭来扭去，有如蛇行，实近乎是一种符箓。字与字连缀起来，既无语气，也无文法，牵牵挂挂，不可了解。然而似乎自有一种意义，不可了解，超乎了解的意义。——他后来搬到云大墙外，公共汽车站的后面一块空地上去了。日积月累，惨淡经营，渐渐地很有规模了，很是那么一回事，很不可忽略，很"丰富"了。书多了，占了不小一块地方。还是写字，每本书皮上都题了极大的字，题字的纸板木片已经积了好些好些，而且都用朱笔密密圈点起来，依照一种奇怪排列，有的插在地上，有的拉了好些绳子挂起来。从前本有的一个小木盒子也供得高高的了。从前不知道这是干什么用的，现在则很明显了，这里头有一个神或一个魔。听说他会算卦。

日本飞机把钱局街的一段炸成一片瓦砾，渐渐成了一块荒地，黄土堆得高高的，长了好些草。于是有耍猴子的来敲锣，玩傀儡戏的吹哨子，春天搭台唱了几天花灯，平常则经常有一个"套圈子"的摊子，有一两个人耐心地拿一把竹圈子一个一个地往地上排列着的瓷碗，泥娃娃，香烟，水果糖上投掷。才不到半年的事，简直都认不出来了，认不出当初有房屋时是什么样了，倒塌时是什么样子的了。有一棵小石榴树，居然开花，一个孤立的门框附了几块砖头居然还在，不知道为什么没有推倒。而门里的一块地非常的平整，平整得令人哀伤。什么时候老头子看上了这块地，于是把他的摊子，他的道场，他的坛，他的庙，搬了过来。他的龛子供得更高，字写得更多，布置得更繁复，而且插了一些小红旗子，他完全围在一种神秘的，妖黑的，——而凄厉悲惨的空气之中了。他完全疯了，他可以走到水里去火里去。大家知道有这么一个老头子，在那儿给人算卦。他用一种什么方式给人家算卦呢？——喔，没有关系，他什么都不用，凭他自己，这就够了。是的，这也还是一种玩具。可是我们还是玩点别的吧，这实在玩不起。——他大概会在那里住定下来，一直到死。

看　水

下班了。小吕把擦得干干净净的铁锨搁到"小仓库"里，正在脚蹬着一个旧辘轴系鞋带，组长大老张走过来，跟他说：

"小吕，你今天看一夜水。"

小吕的心略为沉了一沉。他没有这种准备。今天一天的活不轻松，小吕身上有点累。收工之前，他就想过：吃了晚饭，打一会儿百分，看两节《水浒》，洗一个脚，睡觉！他身上好像已经尝到伸腰展腿地躺在床上的那股舒服劲。看一夜水，甭打算睡了！这倒还没有什么。主要的是，他没有看过水，他不知道看水是怎么个看法。一个人，黑夜里，万一要是渠塌了，水跑了，淹了庄稼，灌了房子，……那他可招架不了！一种沉重的，超过他的能力和体力的责任感压迫着他。

但是大老张说话的声音、语气，叫他不能拒绝。果园接连浇了三天三夜地了。各处的地都要浇，就这几天能够给果园使水，果园也非乘这几天抓紧了透透地浇一阵水不可，果子正在膨大，非常需要水。偏偏这一阵别的活又忙，葡萄绑条、山丁子喷药、西瓜除腻虫、倒栽疙瘩白、垅葱……全都挤在一起了。几个大工白日黑夜轮班倒，一天休息不了几小时，一个个眼睛红红的，全都熬得上了火。再派谁呢？派谁都不大合适。这样大老张才会想到小吕的头上来。小吕知道，大老张是想叫小吕在上头守守闸，看看水，他自己再坚持在果园浇一夜，这点地就差不多了。小吕是个小工，往小里说还是个孩子，一定不去，谁也不能说什么。过去也没有派过他干过这种活。但是小吕觉得不能这样。自己是果园的人，若是遇到紧张关头，自己总是逍遥自在，在一边做个没事人，心里也觉说不过去。看来也还就是叫自己去比较合适。无论如何，小吕也是个男子汉，——你总不能叫两个女工黑夜里在野地里看水！大老张既然叫自己去，他说咱能行，咱就试巴试巴！而且，看水，这也挺新鲜，挺有意思！小吕就说：

"好吧！"

小吕把搁进去的铁锹又拿出来，大老张又嘱咐了他几句话，他扛上铁锹就走了。

吃了晚饭，小吕早早地就上了渠。

一来，小吕就去找大老张留下的两个志子。大老张告诉他，他给他在渠沿里面横插两根树枝，当作志子，一处在大闸进水处不远，一处在支渠拐弯处小石桥下。大老张说：

"你只要常常去看看这两根树枝。水只要不漫过志子，就不要紧，尽它浇好了！若是水把它漫下去了，就去搬闸，——拉起一块闸板，把水放掉一些，——水太大了怕渠要吃不住。若是水太小了，就放下两块闸板，让它憋一憋。没有什么，这几天水势都很平稳，不会有什么问题！"

小吕走近去，没怎么费事，就找到了。也很奇怪，这只是两根普普通通的细细的树枝，半掩半露在蒙翳披纷的杂草之间，并不特别引人注意，然而小吕用眼睛滤过去，很快就发现了，而且肯定就是它，毫不怀疑。一看见了这两根树枝，小吕心里一喜，好像找到了一件失去的心爱的东西似的。有了这两个志子，他心里有了一点底。不然，他一定会一会儿觉得，水太大了吧；一会儿又觉得，水太小了吧，搞得心里七上八下，没有主意。看看这两根插得很端正牢实的树枝，小吕从心里涌起一股对于大老张的感谢，觉得大老张真好，对他真体贴，——虽然小吕也知道大老张这样做，在他根本不算什么，一个组长，第一回叫一个没有经验的小工看水，可能都会这样。

　　小吕又到大闸上试了一下。看看水，看看闸，又看看逐渐稀少的来往行人，小吕暗暗地鼓了鼓劲，拿起抓钩（他还没有使唤过这种工具），走下闸下的石梁。拉了一次闸板，——用抓钩套住了闸板的铁环，拽了两下，活动了，使劲往上一提，起来了！行！又放了一次闸板，——两手平提着，觑准了两边的闸槽，——觑准了！不然，水就把它冲跑了！一撒手，下去了！再用抓钩捣了两下，严丝合缝，挺好！第一回，这是在横跨在大渠上的窄窄的石梁子上，满眼是汤汤洄洄、浩浩荡荡的大水，充耳是淘鸣的水声，小吕心里不免有点怯，有点晃荡。他手上深切地感觉到水的雄浑、强大的力量，——水扑击着套在抓钩上的闸板，好像有人使劲踢它似的。但是小吕屏住了气，站稳了脚，把注意力完全集中在闸板上酒杯大的铁环和两个窄窄的闸槽上，还是相当顺利地做成了他要做的事。

小吕深信大工们拉闸、安闸，也就是这样的。许多事都得自己来亲自试一下才成，别人没法跟他说，也说不清楚。

行！他觉得自己能够胜任。水势即使猛涨起来，情况紧急，他大概还能应付。他觉得轻松了一点，刚才那一阵压着他的严重的感觉开始扩散。

小吕沿着渠岸巡视了一遍。走着走着，又有点紧张起来。渠沿有好几处渗水，沁得堤土湿了老大一片，黑黑的。有不少地方有蚯蚓和蝼蛄穿的小眼，汩汩地冒水。小吕觉得这不祥得很。越看越担心，越想越害怕，觉得险象丛生，到处都有倒塌的可能！他不知道怎么办，就选定了一处，用手电照着（天已经擦黑了，月亮刚上来），定定地守着它看，看看它有什么变化没有。看了半天，似乎没有什么变化，还是那样。他又换了几处，还是拿不准。这时恰好有一个晚归的工人老李远远地走过来，——小吕听得出他咳嗽的声音，他问：

"小吕？你在干啥呢？——看水？"

小吕连忙拉住他：

"老李！这要紧不要紧？"

老李看了看：

"嗐！没关系！这水流了几天了，渠沉住气了，不碍事！你不要老是这样跑来跑去。一黑夜哩，老这么跑，不把你累死啦！找个地方坐下歇歇！隔一阵起来看看就行了！哎！"

小吕就像他正在看着的《水浒传》上的英雄一样，在心里暗道了一声"惭愧"；同时又念了一声"阿弥陀佛！"——小吕这一阵不知从哪里学了这么一句佛号，一来就是："阿弥陀佛！"

小吕并没有坐下歇歇，他还是沿着支渠来回溜达着，不过心里安详多了。他走在月光照泻的渠岸上，走在斑驳的树影里，风吹着，渠根的绿草幽幽地摇拂着。他脚下是一渠流水……他觉得看水很有味道。

半夜里，大概十二点来钟（根据开过去不久的上行客车判断），出了一点事。小石桥上面一截渠，从庄稼地里穿过，渠身高，地势低，春汇地的时候挖断过，填起来的地方土浮，叫水涮开了一个洞。小吕巡看到这里，用手电一照，已经涮得很深了，钻了水！小吕的心嗡嗵一声往下一掉。怎么办？这时候哪里都没法去找人……小吕留心看过大工们怎么堵洞，想了一想，就依法干起来。先用稻草填进去，（他早就背来好些稻草预备着了，背得太多了！）用铁锨立着，塞紧；然后从渠底敛起湿泥来，一锨一锨扔上去，——小吕深深感觉自己的胳臂太细，气力太小，一锹只能起那么一点泥，心里直着急。但是，还好，洞总算渐渐小了，终于填满了。他又仿照大工的样子，使铁锹拍实，抹平，好了！小吕这才觉得自己一身都是汗，两只腿甚至有点发颤了。水是不往外钻了，看起来也蛮像那么一回事，——然而，这牢靠吗？

小吕守着它半天，一会儿拿手电照照，一会儿拿手电照照。好像是没有问题，得！小吕准备转到别处再看看。可是刚一转身，他就觉得新填的泥土像抹房的稀泥一样哗啦一下在他的身后瘫溃了，口子重新涮开，扩大，不可收拾！赶紧又回来。拿手电一照：没有！还是挺好的！

他走开了。

过了一会儿，又来看看，——没问题。

又过了一会儿，又来看看，——挺好！

小吕的心塌了下来。不但是这个口子挺完好，而且，他相信，再有别处钻开，他也一样能够招呼，——虽然干起来不如大工那样从容利索。原来这并不是那样困难，这比想象的要简单得多。小吕有了信心，在黑暗中很有意味地点了点头，对自己颇为满意。

所谓看水，不外就是这样一些事。不知不觉地，半

看
水

1
7
9

夜过去了。水一直流得很稳，不但没有涨，反倒落了一点，那两个志子都离开水面有一寸了。小吕觉得大局仿佛已定。他知道，过了十二点以后，一般就不会有什么大水下来，这一夜可以平安度过。现在他一点都不觉得紧张了，觉得很轻松，很愉快。

现在，真可以休息休息了，他开始感觉有点疲倦了。他爬上小石桥头的一棵四杈糖槭树上，半躺半坐下来。他一来时就选定了这个地方。这棵树，在不到一人高的地方岔出了四个枝杈，坐上去，正好又有靠背，又可以舒舒服服地伸开腿脚。而且坐在树上就能看得见那一根志子。月亮照在水上，水光晃晃荡荡，水面上隐隐有一根黑影。用手电一射，就更加看得清清楚楚。

今天月亮真好，——快要月半了。（幸好赶上个大月亮的好天，若是阴雨天，黑月头，看起水来，就麻烦多了！）天上真干净，透明透明、蔚蓝蔚蓝的，一点渣滓都没有，像一块大水晶。小吕还很少看到过这样渊深、宁静而又无比温柔的夜空。说不出什么道理，天就是这样，老是这样，什么东西都没有，就是一片蓝，可是天上似乎隐隐地有一股什么磁力吸着你的眼睛，你的眼睛觉得很舒服，很受用，你愿意一直对着它看下去，看下去。真好看，真美，美得叫你的心感动起来。小吕看着看着，心里总像要想起一点什么很远很远的，叫人快乐的事情。他想了几件，似乎都不是他要想的，他就在心里轻轻地唱：

哎——

月亮出来亮汪汪，亮汪汪，

照见我的阿哥在他乡……

这好像有点文不对题。但是说不出为什么，这一支产生在几千里外的高山里的有点伤感的歌子，倒是他所需要的。这和眼前情景在某些地方似乎相通，能够宣泄他心里的快乐。

四周围安静极了。远远听见大闸的水响，好像很远很远，有一群人一齐在喊："啊——"。支渠里的水温静地，生气勃勃地流着，"活——活——活——"。风吹着庄稼的宽大的叶片，沙拉，沙拉。远远有一点灯火，在密密的丛林后面闪耀，那是他父亲工作的医院。母亲和妹妹现在一定都睡了。他那些同屋的工人一定也都睡了。（小吕想了想现在宿舍里的样子，大家都睡得很熟，月亮照着他自己的那张空床……）一村子里的人现在都睡了（隐隐地好像听见鼾声）。露水下来了（他想起刚才堵口子时脚下所踩的草），到处都是一片滋润的，浓郁的青草的气味，庄稼的气味，夜气真凉爽。小吕在心里想："我在看水……"过了一会儿，不知为什么，又在心里想道："真好！"而且说出声来了。

小吕在树上坐了一阵，想要下来走走。他想起该到石桥底下一段渠上看看。这一段二里半长的渠，春天才挑过，渠岸又很结实，没有什么问题。但是渠水要穿过兽医学校后墙的涵洞，洞口有一个铁篦子，可能会挂住一些顺水冲下来的枯枝乱草，叫水流得不畅快。小吕翻身跳下来，扛起插在树下的铁锨，向桥下走去。

下了石桥，渠水两边都是玉米地。玉米已经高过他的头了，那么大一片，叶子那么密，黑森森的，小吕忽然被浓重的阴影包围起来，身上有点紧张。但是，一会儿，就好了。

小吕一边走着，一边顺着渠水看过去。他看见小鱼秧子抢着往水上蹿；看见泥鳅翻跟斗；看见渠岸上一个小圆洞里有一个知了爬出来，脊背上闪着金绿色的光，翅膀还没有伸展，还是湿的，软的，乳白色的。看见虾蟆叫。虾蟆叫原来是这样的！下颏底下鼓起一个白色的气泡，气泡一息：——"咕！"鼓一鼓，——"咕"鼓一鼓，——"咕！"这家伙，那么专心致意地在叫，好像天塌下来也挡不住它似的。小吕索性蹲下来，用手电直照着它，端详它老半天。赫嗨，全不理会！这一片地里，多少虾蟆，都是这么叫着？小吕想想它们那种认真的、滑稽的样子，不禁失笑。——那是什么？是蛇？（小吕有点怕蛇）渠面上，月光下，一道弯弯的水纹，前面昂着一个小脑袋。走近去，定睛看看，不是蛇，是耗子！这小东西，游到对岸，爬上来，摇摇它的湿漉漉的，光光滑滑的小脑袋，跑了！……

小吕一路迤逦行来，已经到了涵洞前面。铁箅子上果然壅了一堆烂柴火，——大工们都管这叫"渣积"，不少！小吕使铁锹推散，再一锹一锹地捞上来，好大一堆！渣积清理了，水好像流得快一些了，看得见涵洞口旋起小小的旋涡。

没什么事了。小吕顺着玉米地里一条近便的田埂，走回小石桥。用手电照了照志子，水好像又落了一点。

小吕觉得，月光暗了。抬起头来看看。好快！它怎么一下子就跑到西边去了？什么时候跑过去的？而且，好像灯尽油干，快要熄了似的，变得很薄了，红红的，简直不亮了，好像它疲倦得不得了，在勉强支撑着。小吕知道，快了，它就要落下去了。现在大概是夜里三点钟，大老张告诉过他，这几天月亮都是这时候落。说着说着，月亮落了，好像是嗯噜一下子掉下去似的。立刻，眼前一片昏黑。

真黑！这是一夜里最黑的时候。小吕一时什么也看不见了，过了一会儿，才勉强看得见一点模模糊糊的影子。小吕忽然觉得自己也疲倦得不行，有点恶心，就靠着糖槭树坐下来，铁锹斜倚在树干上。他的头沉重起来，眼皮直往下耷拉。心里好像很明白，不要睡！不要睡！但是不由自主。他觉得自己直往一个深深的、黑黑的地方掉下去，就跟那月亮似的，拽都拽不住，他睡着了那么一小会。人有时不知道自己怎么睡着了的。

忽然，他惊醒了！他觉得眼前有一道黑影子过去，他在昏糊之中异常敏锐明确地断定：——狼！一挺身站起来，抄起铁锹，按开手电一照（这一切也都做得非常迅速而准确）：已经走过去了，过了小石桥。（小吕想了想！刚才从他面前走过时，离他只有四五步！）小吕听说过，遇见狼，不能怕，不能跑，——越怕越糟；狼怕光，怕手电，怕手电一圈一圈的光，怕那些圈儿套它，狼性多疑。他想了想，就开着手电，尾随着它走，现在，看得更清楚了。狼像一只大狗，深深地低着脑袋（狗很少这样低着脑袋），耷拉着毛茸茸的挺长的尾巴（狗的尾巴也不是这样）。奇怪，它不管身边的亮光，还是那样慢吞吞地，不慌不忙地走，既不像要回过头来，也不像要拔脚飞跑，就是这样不声不响地，低着头走，像一个心事重重，哀伤憔悴的人一样。——它知道身后有人吗？它在想些什么呢？小吕正在想：要不要追上去，揍它？它走过前面的路边小杨树丛子，拐了弯，叫杨树遮住了，手电的光照不着它了。小吕忖了忖手里的铁锨：算了！那可实在是很危险！

小吕在石桥顶上站了一会儿，又回到糖槭树下。他很奇怪，他并不怎么怕。他很清醒，很理智。他到糖槭树下，采取的是守势。小吕这才想起，他选择了这个地方休息，原来就是想到狼的。这个地方很保险：后面是渠水，狼不可能泅水过来；他可以监视着前面的马路；万一不行，——上树！

小吕用手电频频向狼的去路照射。没有，狼没有回来。

无论如何，可不敢再睡觉了！小吕在糖槭树下来回地走着。走了一会儿，甚至还跑到刚才决开过，经他修复了的缺口那里看了看。—— 一边走，一边不停地用手电四处照射。他相信狼是不会再回来了；再有别的狼，这也不大可能，但是究竟不能放心到底。

可是他越来越困。他并不怎么害怕。狼的形象没有给他十分可怕的印象。他不大因为遇见狼而得意，也不因为没有追上去打它而失悔，他现在就是困，困压倒一切。他的意识昏木起来，脑子的活动变得缓慢而淡薄了。他在竭力抵抗着沉重的、酸楚的、深入骨髓的困劲。他觉得身上很难受，而且，很冷。他迷迷糊糊地想：我要是会抽烟，这时候抽一支烟就好了！……

好容易，天模糊亮了。

更亮了。

亮了！远远近近，一片青苍苍的，灰白灰白的颜色，好像天和地也熬过了一夜，还不大有精神似的。看得清房屋，看得清树，看得清庄稼了。小吕看看他看过一夜的水，水发清了，小多了，还不到半渠，露出来一截淤泥的痕迹，流势很弱，好像也很疲倦。小吕知道，现在已经流的是"空渠水"，上游的拦河坝又封起了，不到一个小时，这渠里的水就会流完了的。——得再过几个钟头，才会又有新的水下来。果园的地大概浇完了，这点水该够用了吧？……——串铜铃声，有人了！一个早出的社员，赶着一头毛驴，驴背上驮着一个线口袋，里边鼓鼓囊囊，好像是装的西葫芦。老大爷，您早哇！好了，这真正是白天了，不会再有狼，再有漫长的、难熬的黑夜了！小吕振作一点起来。——不过他还是很困，觉得心里发虚。

远远看见果园的两个女工，陈素花和恽美兰来了。她们这么早就出来了！小吕知道，她们是因为惦着他，特为来看他来了。小吕在心里很感激她们，但是他自己觉得那感激的劲头很不足，他困得连感激也感激不动了。

陈素花给他带来了两个闷得烂烂的，滚热的甜菜。小吕一边吃甜菜，一边告诉她们，他看见狼了。他说了遇狼的经过，狼的样子。他自己都有点奇怪，他说得很平淡，一点不像他平常说话那么活灵活现的。但是陈素花和恽美兰都很惊奇，很为他的平淡的叙述所感动。她们催他赶快去睡觉，说是大老张嘱咐的：叫小吕天一亮就去睡，大闸不用管了，会有人来接。

小吕喝了两碗稀饭，爬到床上，就睡着了。睡了两个钟头，醒了。他觉得浑身都很舒服，懒懒的。他只要翻一翻身，合上眼，会立刻就睡着的。但是他看了看墙上挂的一个马蹄表，不睡了。起来，到井边用凉水洗洗脸，他向果园走去。——他到果园去干什么？

果园还是那样。小吕昨天下午还在果园的，但是不知道为什么，他好像有好久没来了似的。似乎果园一夜之间有了一些什么重大的变化似的。什么变化呢？也难说。满园一片浓绿，绿得过了量，绿得迫人。静悄悄的。绿叶把什么都遮隔了，一眼看不出五步远。若不是远远听见有人说话，你会以为果园一个人都没有。小吕听见大老张的声音，他知道，他正在西南拐角指挥几个人锄果树行子。小吕想：他浇了一夜地，又熬了一夜了，还不休息，真辛苦。好了，今天把这点活赶完，明天大家就可以休息一天，大老张说了：全体休息！过了这阵，就可以细水长流地干活了，一年就这么几槎紧活。小吕想：下午我就来上班。大粒白的枝叶在动，是陈素花和恽美兰领着几个参加劳动的学生在捆葡萄条。恽美兰看见小吕了，就叫：

"小吕！你来干什么？不睡觉！"

小吕说："我来看看！"

"看什么？快回去睡！地都浇完了。"

小吕穿过葡萄丛，四边看看，果园的地果然都浇了，到处都是湿湿的，一片清凉泽润、汪汪泱泱的水气直透他的脏腑。似乎葡萄的叶子都更水淋，更绿了，葡萄蔓子和皮色也更深了。小吕挺一挺胸脯，深深地吸了两口气，舒服极了。小吕想：下回我就有经验了，可以单独地看水，顶一个大工来使了，果园就等于多了半个人。看水，没有什么。狼不狼的，问题也不大。许多事都不像想象起来那么可怕……

　　走过一棵老葡萄架下，小吕想坐一坐。一坐下，就想躺下。躺下来，看着头顶的浓密的，鲜嫩清新的，半透明的绿叶，绿叶轻轻摇晃，变软，溶成一片，好像把小吕也溶到里面了。他眼皮一麻搭，不知不觉，睡着了。小吕头枕在一根暴出地面的老葡萄蔓上，满身绿影，睡得真沉，十四岁的正在发育的年轻的胸脯均匀地起伏着。葡萄，正在恣酣地，用力地从地里吸着水，经过皮层下的导管，一直输送到梢顶，轮送到每一片伸张着的绿叶，和累累的，已经有指头顶大小的淡绿色的果粒之中。——这时候，不论割破葡萄枝蔓的任何一处，都可以看出有清清的白水流出来，嗒嗒地往下滴……

　　　　　　　　一九六二年七月二十日改成

迷　路

我不善于认路。有时到一个朋友家去，或者是朋友自己带了我去，或者是随了别人一同去，第二次我一个人去，常常找不着。在城市里好办，手里捏着地址，顶多是多问问人，走一些冤枉路，最后总还是会找到的。一敲门，朋友第一句话常常是："啊呀！你怎么才来！"在乡下可麻烦。我住在一个村子里，比如说是王庄吧，到城里去办一点事，再回来，我记得清清楚楚是怎么走的，回来时走进一个样子也有点像王庄的村子，一问，却是李庄！还得李庄派一个人把我送到王庄。有一个心理学家说不善于认路的人，大都是意志薄弱的人。唉，有什么办法呢！

一九五一年，我参加土改，地点在江西进贤。这是最后一批土改，也是规模最大的一次土改。参加的人数很多，各色各样的人都有。有干部、民主人士、大学教授、宗教界的信徒、诗人、画家、作家……相当一部分是统战对象。让这些人参加，一方面是工作需要，一方面是让这些人参加一次阶级斗争，在实际工作中锻炼锻炼，改造世界观。

工作队的队部设在夏家庄，我们小组的工作点在王家梁。小组的成员除了我，还有一个从美国回来不久的花腔女高音歌唱家，一个法师。工作队指定，由我负责。王家梁来了一个小伙子接我们。

进贤是丘陵地带，处处是小山包。土质是红壤土，紫红紫红的。有的山是茶山，种的都是油茶，在潮湿多雨的冬天开着一朵一朵白花。有的山是柴山，长满了马尾松。当地人都烧松柴。还有一种树，长得很高大，是梓树。我第一次认识"桑梓之乡"的梓。梓树籽榨成的油叫梓油，虽是植物油，却是凝结的，颜色雪白，看起来很像猪油。梓油炒菜极香，比茶油好吃。田里有油菜花，有紫云英。我们随着小伙子走着。这小伙子常常行不由径，抄近从油茶和马尾松丛中钻过去。但是我还是暗暗地记住了从夏家庄走过来的一条小路。南方的路不像北方的大车路那样平直而清楚，大都是弯弯曲曲的，有时简直似有若无。我们一路走着，对这片陌生的土地觉得很新鲜，为我们将要开展的斗争觉得很兴奋，又有点觉得茫茫然，——我们都没有搞过土改，有一点像是在做梦。不知不觉地，王家梁就到了。据小伙子说，夏家庄到王家梁有二十里。

法师法号静溶。参加土改工作团学习政策时还穿着灰色的棉直裰，好容易才说服他换了一身干部服。大家叫他静溶或静溶同志。他笃信佛法，严守戒律，绝对吃素，但是斗起地主来却毫不手软。我不知道他是怎样把我佛慈悲的教义和阶级斗争调和起来的。花腔女高音姓周，老乡都叫她老周，她当然一点都不老。她身上看不到什么洋气，很能吃苦，只是有点不切实际的幻想。她总以为土改应该像大歌剧那样充满激情。事实上真正工作起来，却是相当平淡的。

我们的工作开展得还算顺利。阶级情况摸清楚了，群众不难发动。也不是十分紧张。每天晚上常常有农民来请我们去喝水。这里的农民有"喝水"的习惯。一把瓦壶，用一根棕绳把壶梁吊在椽子上，下面烧着稻草，大家围火而坐。水开了，就一碗一碗喝起来。同时嚼着和辣椒、柚子皮腌在一起的鬼子姜，或者生番薯片。女歌唱家非常爱吃番薯，这使农民都有点觉得奇怪。喝水的时候，我们除了了解情况，也听听他们说说闲话，说说黄鼠狼、说说果子狸，也说说老虎。他们说这一带出过一只老虎，王家梁有一个农民叫老虎在脑袋上拍了一掌，至今头皮上还留着一个虎爪的印子……

到了预定该到队部汇报的日子了，当然应该是我去。我背了挎包，就走了，一个人，准确无误地走到了夏家庄。

回来，离开夏家庄时，已经是黄昏了。不过我很有把握。我记得清清楚楚，从夏家庄一直往北，到了一排长得齐齐的，像一堵墙似的梓树前面，转弯向右，往西北方向走一截，过了一片长满杂树的较高的山包，就望见王家梁了。队部同志本来要留我住一晚，第二天早上再走，我说不行，我和静溶、老周说好了的，今天回去。

一路上没有遇见一个人。太阳已经完全落下去了，青苍苍的暮色，悄悄地却又迅速地掩盖了下来。不过，好了，前面已经看到那一堵高墙似的一排梓树了。

然而，当我沿梓树向右，走上一个较高的山包，向西北一望，却看不到王家梁。前面一无所有，只有无尽的山丘。

我走错了，不是该向右，是该向左？我回到梓树前面，向左走了一截，到高处看看：没有村庄。

是我走过了头，应该在前面就转弯了？我从梓树墙前面折了回去，走了好长一段，仍然没有发现可资记认的东西。我又沿原路走向梓树。

我从梓树出发，向不同方向各走了一截，仍然找不到王家梁。

我对自己说，我迷路了。

天已经完全黑下来了。除了极远的天际有一点暧昧的余光，什么也辨认不清了。

怎么办呢？

我倒还挺有主意：看来只好等到明天早上再说。我攀上一个山包，选了一棵树（不知道是什么树），爬了上去，找到一个可以倚靠的枝杈，准备就在这里过夜了。我掏出烟来，抽了一支。借着火柴的微光，看了看四周，榛莽丛杂，落叶满山。不到一会儿，只听见树下面悉悉悉悉悉……，索索索索索……，不知是什么兽物窜来窜去。听声音，是一些小野兽，可能是黄鼠狼、果子狸，不是什么凶猛的大家伙。我头一次知道山野的黑夜是很不平静的。这些小兽物是不会伤害我的。但我开始感觉在这里过夜不是个事情。而且天也越来越冷了。

江西的冬夜虽不似北方一样酷寒，但是早起看宿草上结着的高高的霜花，便知夜间不会很暖和。不行。我想到呼救了。

我爬下树来，两手拢在嘴边，大声地呼喊：

"喂——有人吗——"

"喂——有人吗——"

我听见自己的声音传得很远。

然而没有人答应。

我又喊：

"喂——有人吗——"

我听见几声狗叫。

我大踏步地，笔直地向狗叫的方向走去。

我不知道脚下走过的是什么样的树丛、山包，我走过一大片农田，田里一撮一撮干得发脆的稻桩，我跳过一条小河，笔直地，大踏步地走去。我一遇到事，没有一次像这样不慌张，这样冷静，这样有决断。我看见灯光了！

狗激烈地叫起来。

一盏马灯。马灯照出两个人。一个手里拿着梭镖（我明白，这是值夜的民兵），另一个，是把我们从夏家庄领到王家梁的小伙子！

"老汪！你！"

这是距王家梁约有五里的另一个小村子，叫顾家梁，小伙子是因事到这里来的。他正好陪我一同回去。

"走！老汪！"

到了王家梁，几个积极分子正聚在一家喝水。静溶和老周一见我进门，腾地一下子站了起来。他们的眼睛分明写着两个字：老虎。

一九六二年七月二十日改成

尾 巴

人事顾问老黄是个很有意思的人。工厂里本来没有"人事顾问"这种奇怪的职务，只是因为他曾经做过多年人事工作，肚子里有一部活档案；近两年岁数大了，身体也不太好，时常闹一点腰酸腿疼，血压偏高，就自己要求当了顾问，所顾的也还多半是人事方面的问题，因此大家叫他人事顾问。这本是个外号，但是听起来倒像是个正式职称似的。有关人事工作的会议，只要他能来，他是都来的。来了，有时也发言，有时不发言。他的发言有人爱听，有人不爱听。他看的杂书很多，爱讲故事。在很严肃的会上有时也讲故事。下面就是他讲的故事之一。

厂里准备把一个姓林的工程师提升为总工程师，领导层意见不一，有赞成的，有反对的，已经开了多次会，定不下来。赞成的意见不必说了，反对的意见，归纳起来，有以下几条：

一、他家庭出身不好，是资本家；

二、社会关系复杂，有海外关系；有个堂兄还在台湾；

三、反右时有右派言论；

四、群众关系不太好，说话有时很尖刻……

其中反对最有力的是一个姓董的人事科长，此人爱激动，他又说不出什么理由，只是每次都是满脸通红地说："知识分子！哼！知识分子！"翻来覆去，只是这一句话。

人事顾问听了几次会，没有表态。党委书记说："老黄，你也说两句！"老黄慢条斯理地说：

"我讲一个故事吧——

"从前，有一个人，叫作艾子。艾子有一回坐船，船停在江边。半夜里，艾子听见江底下一片哭声。仔细一听，是一群水族在哭。艾子问：'你们哭什么？'水族们说：'龙王有令，水族中凡是有尾巴的都要杀掉，我们都是有尾巴的，所以在这里哭。'艾子听了，深表同情。艾子看看，有一只蛤蟆也在哭，艾子很奇怪，问这蛤蟆：'你哭什么呢？你又没有尾巴！'蛤蟆说：'我怕龙王要追查起我当蝌蚪时候的事儿呀！'"

死　了

我死了，真逗。

我这人。不赖。挺好。歪的，斜的，没有。实在。答应过的事一定做到。

身体挺好。从来不生病。有一点不大舒服，抄起铁锹噌噌干一阵活，出一身黏汗，就好了。我不上医院。除非等我死了，把尸体捐给县医院，让他们解剖，让他们看清楚我的头蹄下水，弄清楚我得的是什么病，弄清楚我怎么死的。说话算话。头蹄下水分了家，弄得四分五裂，乱七八糟，自然不大好看。不过我自己看不见，也不疼。说话算话。

我不赌钱。赌，会是会的，不好。酒会喝，也不多喝。没有娶过女人，一直打光棍。不瞒你，到现在还是童男子。

我去跟小田借了五百块钱。

小田是日本人，做生意的，住在堡里。他收购三棱子荞麦，收购蕨菜。日本人爱吃荞面，压饸饹，专门要这地方出的三棱子荞麦。日本人爱吃蕨菜，庄户人到山里采了蕨菜，当时用一点盐揉一下，新鲜。收到荞麦、蕨菜，用飞机运到日本。这家伙，有钱。

我答应堡里希望工程捐五百块钱，到了交款的时候了，我的钱不够。咋办？堡里有个地下赌场，招人推牌九，一翻两瞪眼。我想赢几把，凑足五百块钱。手气不好。几把下来，就输光了。

咋办？

我去找小田借。

小田跟我不错，不知道啥原因。

小田借给我五百，他一定要留我陪他吃饭。

这家伙很能吃。一顿饭要吃五个棒子面贴饼子，喝一斤白酒。他爱吃臭豆腐。爱吃烤雏鸡、鸽子。日本人吃雏鸡鸽子不褪毛，三把两把鸽子皮、鸡头，撕掉，只留两个脯子，两条大腿，撒一点盐花、辣椒面，在炭火上烤烤，带着血就大口大口嚼起来。

他让我也照他这样吃。吃就吃，怕啥！

吃了一只鸡、两只鸽子、五个贴饼子，这家伙来了劲，说：

"你的，还是童男子？没有跟女人……嗯？"

他用手比画着："没有？"

我说我明白了。日本鬼子占了这个堡，老百姓编了几句日本话，顺口溜，我告诉他：

"咪西咪西是吃饭，

八嘎呀鲁是混蛋，

塞古塞古不好看！"

我问他，是不是问我"塞古"过没有？

他哈哈大笑。"塞古塞古不好看！哈哈哈哈……好看的！怎么不好看！哈哈哈哈……"

我得走了。我得把捐给希望工程的钱给人家送去，一会儿办事处该下班了。

我忽然难受起来，心口痛。痛得我受不了，浑身冒汗。

咋了？

我倒在路口，被人发现了。

县医院派急救车来，把我放上担架。

我迷糊了。迷迷糊糊地，我还说了两个字：真逗。

堡里人把我的遗物装在一个坛子里，埋了。没有多少遗物，几件旧衣服。还有一个万花筒，我小时候玩过的。这么大的人了，有时还要拿出来，转来转去地看看。

日本人小田参加了我的葬礼。小田说：
"他，好。中国人。"

一九九六年四月二十一日

（附）录

拟故事集

拟故事两篇

仓老鼠和老鹰借粮

> "仓老鼠和老鹰借粮，——守着的没有，
> 飞着的倒有？"
>
> ——《红楼梦》

天长啦，夜短啦，耗子大爷起晚啦！

耗子大爷干吗哪？耗子大爷穿套裤哪。

来了一个喜鹊，来跟仓老鼠借粮。

喜鹊和在门口玩耍的小老鼠说：

"小胖墩，回去告诉老胖墩：'有粮借两担，转过年来就归还。'"

小老鼠回去跟仓老鼠说："有人借粮。"

"什么人？"

"花喜鹊，尾巴长，娶了媳妇忘了娘。"

"哦！喜鹊。他说什么？"

"小胖墩，回去告诉老胖墩：'有粮借两担，转过年来就归还。'"

"借给他两担！"

天长啦，夜短啦，耗子大爷起晚啦。

耗子大爷干吗哪？耗子大爷梳胡子哪。

来了个乌鸦，来跟仓老鼠借粮。

乌鸦和在门口玩耍的小老鼠说：

"小尖嘴，回去告诉老尖嘴：'有粮借两担，转过年来就归还。'"

小老鼠回去跟仓老鼠说："有人借粮。"

"什么人？"

"从南来个黑大汉，腰里别着两把扇。走一走，扇一扇，'阿弥陀佛好热的天！'"

"这是什么时候，扇扇？"

"是乌鸦。"

"他说什么？"

"小尖嘴，回去告诉老尖嘴：'有粮借两担，转过年来就归还。'"

"借给他两担!"

天长啦,夜短啦,耗子大爷起晚啦!

耗子大爷干吗哪?耗子大爷咕嘟咕嘟抽水烟哪。

来了个老鹰,来跟仓老鼠借粮。

老鹰和在门口玩耍的小老鼠说:

"小猫菜,回去告诉老猫菜:'有粮借两担,转过年来不定归还不归还!'"

小老鼠回去跟仓老鼠说:"有人借粮。"

"什么人?"

"钩鼻子,黄眼珠,看人斜着眼,说话尖声尖气。"

"是老鹰!——他说什么?"

"他说:'小猫菜回去告诉老猫菜——'"

"什么'小猫菜''老猫菜'!"

"——'有粮借两担'——"

"转过年来?"

"——'不定归还不归还!'"

"不借给他!——转来!"

"……"

"就说我没在家!"

小老鼠出去对老鹰说：

"我爸说：他没在家！"

仓老鼠一想：这事完不了，老鹰还会来的。我得想个办法。有了！我跟他哭穷，我去跟他借粮去。

仓老鼠找到了老鹰，说：

"鹰大爷，鹰大爷！天长啦，夜短啦，盆光啦，瓮浅啦。有粮借两担，转过年来两担还四担！"

老鹰一想，气不打一处来：这可真是："仓老鼠跟老鹰借粮，守着的没有，飞着的倒有！"——"好，我借给你，你来！你来！"

仓老鼠往前走了两步。

老鹰一嘴就把仓老鼠叼住，一翅飞到树上，两口就把仓老鼠吞进了肚里。

老鹰问："你还跟我借粮不？"

仓老鼠在鹰肚子里连忙回答："不借了！不借了！不借了！"

一九八四年二月

螺蛳姑娘

有种田人，家境贫寒。上无父母，终鲜兄弟。薄田一丘，茅屋数椽。孤身一人，艰难度日。日出而作，春耕夏锄。日落回家，自任炊煮。身为男子，不善烧饭。冷灶湿柴，烟熏火燎。往往弄得满脸乌黑，如同灶王。有时怠惰，不愿举火，便以剩饭锅巴，用冷水泡泡，摘取野葱一把，辣椒五颗，稍蘸盐水，大口吞食。顷刻之间，便已果腹。虽然饭食粗粝，但是田野之中，不乏柔软和风，温暖阳光，风吹日晒，体魄健壮，精神充溢，如同牛犊马驹。竹床棉被，倒头便睡。无忧无虑，自得其乐。

忽一日，作田既毕，临溪洗脚，见溪底石上，有一螺蛳，螺体硕大，异于常螺，壳有五色，晶莹可爱，怦然心动，如有所遇。便即携归，养于水缸之中。临睡之前，敲石取火，燃点松明，时往照视。心中欢喜，如得宝贝。

次日天明，青年男子，仍往田间作务。日之夕矣，牛羊下来。余霞散绮，落日熔金。此种田人，心念螺蛳，急忙回家。到家之后，俯视水缸：螺蛳犹在，五色晶莹。方拟生火煮饭，揭开锅盖，则见饭菜都已端整。米饭半锅，青菜一碗。此种田人，腹中饥饿，不暇细问，取箸便吃。热饭热菜，甘美异常。食毕之后，心生疑念：此等饭菜，何人所做？或是邻居媪婶，怜我孤苦，代为炊煮，便往称谢。邻居皆曰："我们不曾为你煮饭，何用谢为！"此种田人，疑惑不解。

又次日，青年男子，仍往作田。归家之后，又见饭菜端整。油煎豆腐，细嫩焦黄；酱姜一碟，香辣开胃。

又又次日，此种田人，日暮归来，启锁开门，即闻香气。揭锅觑视：米饭之外，兼有腊肉一碗，烧酒一壶。此种田人，饮酒吃肉，陶然醉饱。

心念：果是何人，为我做饭？以何缘由，作此善举？

复后一日，此种田人，提早收工，村中炊烟未起，即已抵达家门。轻手蹑足，于门缝外，向内窥视。见一姑娘，从螺壳中，冉冉而出。肤色微黑，眉目如画。草屋之中，顿生光辉。行动婀娜，柔若无骨。取水濯手，便欲做饭。此种田人，破门而入，三步两步，抢过螺壳；扑向姑娘，长跪不起。螺蛳姑娘，挣逃不脱，含羞弄带，允与成婚。种田人惧姑娘复入螺壳，乃将螺壳藏过。严封密裹，不令人知。

一年之后，螺蛳姑娘，产生一子，眉目酷肖母亲，聪慧异常。一家和美，幸福温馨，如同蜜罐。

唯此男人，初得温饱，不免骄惰。对待螺蛳姑娘，无复曩①时敬重，稍生侮慢之心。有时入门放锄，大声喝唤："打水洗脚！"凡百家务，垂手不管。唯知戏弄孩儿，打火吸烟。衣来伸手，饭来张口，俨然是一大爷。螺蛳姑娘，性情温淑，并不介意。

一日，此种田人，忽然想起，昔年螺壳，今尚在否？探身取视，晶莹如昔。遂以逗弄婴儿，以箸击壳而歌：

"叮叮叮，你妈是个螺蛳精！

橐橐橐，这是你妈的螺蛳壳！"

彼时螺蛳姑娘，方在炝锅炒菜，闻此歌声，怫然不悦，抢步入房，夺过螺壳，纵身跳入。倏忽之间，已无踪影。此种田人，悔恨无极。抱儿出门，四面呼喊。山风忽忽，流水潺潺，茫茫大野，迄无应声。

此种田人，既失娇妻，无心做务，田园荒芜，日渐穷困。神情呆滞，面色苍黑。人失所爱，易于速老。

一九八五年四月四日

① 编者注：nǎng，以往，从前。

《聊斋》新义

瑞　云

瑞云越长越好看了。初一十五，她到灵隐寺烧香，总有一些人盯着她傻看。她长得很白，姑娘媳妇偷偷向她的跟妈打听："她搽的是什么粉？"——"她不搽粉，天生的白嫩。"平常日子，街坊邻居也不大容易见到她，只听见她在小楼上跟师傅学吹箫，拍曲子，念诗。

瑞云过了十四，进十五了。按照院里的规矩，该接客了。养母蔡妈妈上楼来找瑞云。

"姑娘，你大了。是花，都得开。该找一个人梳拢了。"

瑞云在行院中长大，哪有不明白的。她脸上微红了一阵，倒没有怎么太扭捏，爽爽快快地说：

"妈妈说得是。但求妈妈依我一件：钱，由妈妈定；人，要由我自己选。"

"你要选一个什么样的？"

"要一个有情的。"

"有钱的、有势的，好找。有情的，没有。"

"这是我一辈子头一回。哪怕跟这个人过一夜，也就心满意足了。以后，就顾不了许多了。"

蔡妈妈看看这棵摇钱树，寻思了一会儿，说：

"好。钱由我定，人由你选。不过得有个期限：一年。一年之内，由你。过了一年，由我！今天是三月十四。"

于是瑞云开门见客。

蔡妈妈定例：上楼小坐，十五两；见面贽礼不限。

王孙公子、达官贵人、富商巨贾，纷纷登门求见。瑞云一一接待。贽礼厚的，陪着下一局棋，或当场画一个小条幅、一把扇面。贽礼薄的，敬一杯香茶而已。这些狎客对瑞云各有品评。有的说是清水芙蓉，有的说是未放梨蕊，有的说是一块羊脂玉。一传十，十传百，瑞云身价渐高，成了杭州红极一时的名妓。

余杭贺生，素负才名。家道中落，二十未娶。偶然到西湖闲步，见一画舫，飘然而来。中有美人，低头吹箫。岸上游人，纷纷指点："瑞云！瑞云！"贺生不觉注目。画舫已经远去，贺生还在痴立。回到寓所，茶饭无心。想了一夜，备了一份薄薄的赘礼，往瑞云院中求见。

原来以为瑞云阅人已多，一定不把他这寒酸当一回事。不想一见之后，瑞云款待得很殷勤。亲自涤器烹茶，问长问短。问余杭有什么山水，问他家里都有什么人，问他二十岁了为什么还不娶妻……语声柔细，眉目含情。有时默坐，若有所思。贺生觉得坐得太久了，应该知趣，起身欲将告辞。瑞云拉住他的手，说："我送你一首诗。"诗曰：

何事求浆者，

蓝桥叩晓关。

有心寻玉杵，

端只在人间。

贺生得诗狂喜，还想再说点什么，小丫头来报："客到！"贺生只好仓促别去。

贺生回寓，把诗展读了无数遍。才夹到一本书里，过一会儿，又抽出来看看。瑞云分明属意于我，可是玉杵向哪里去寻？

过一二日，实在忍不住，备了一份赘礼，又去看瑞云。听见他的声音，瑞云揭开门帘，把他让进去，说：

"我以为你不来了。"

"想不来，还是来了！"

瑞云很高兴。虽然只见了两面，已经好像很熟了。山南海北，琴棋书画，无所不谈。瑞云从来没有和人说过那么多的话，贺生也很少说话说得这样聪明。不知不觉，炉内香灰堆积，帘外落花渐多。瑞云把座位移近贺生，悄悄地说：

"你能不能想一点办法，在我这里住一夜？"

贺生说："看你两回，于愿已足。肌肤之亲，何敢梦想！"

他知道瑞云和蔡妈妈有成约：人由自选，价由母定。

瑞云说："娶我，我知道你没这个能力。我只是想把女儿身子交给你。以后你再也不来了，山南海北，我老想着你，这也不行吗？"

贺生摇头。

两个再没有话了，眼对眼看着。

楼下蔡妈妈大声喊：

"瑞云！"

瑞云站起来，执着贺生的两只手，一双眼泪滴在贺生手背上。

贺生回去，辗转反侧。想要回去变卖家产，以博一宵之欢；又想到更尽分别，各自东西，两下牵挂，更何以堪。想到这里，热念都消。咬咬牙，再不到瑞云院里去。

蔡妈妈催着瑞云择婿。接连几个月，没有中意的。眼看花朝已过，离三月十四没有几天了。

这天，来了一个秀才，坐了一会儿，站起身来，用一个指头在瑞云额头上按了一按，说："可惜，可惜！"说完就走了。瑞云送客回来，发现额头有一个黑黑的指印。越洗越真。

而且这块黑斑逐渐扩大，几天的工夫，左眼的上下眼皮都黑了。

瑞云不能再见客。蔡妈妈拔了她的簪环首饰，剥了上下衣裙，把她推下楼来，和妈子丫头一块干粗活。瑞云娇养惯了，身子又弱，怎么受得了这个！

贺生听说瑞云遭了奇祸，特地去看看。瑞云蓬着头，正在院里拔草。贺生远远喊了一声："瑞云！"瑞云听出是贺生的声音，急忙躲到一边，脸对着墙壁。贺生连喊了几声，瑞云就是不回头。贺生一头去找到蔡妈妈，说是愿意把瑞云赎出来。瑞云已经是这样，蔡妈妈没有多要身价银子。贺生回余杭，变卖了几亩田产，向蔡妈妈交付了身价。一乘花轿把瑞云抬走了。

到了余杭，拜堂成礼。入了洞房后，瑞云乘贺生关房门的工夫，自己揭了盖头，一口气，噗，噗，把两支花烛吹灭了。贺生知道瑞云的心思，并不嗔怪。轻轻走拢，挨着瑞云在床沿坐下。

瑞云问："你为什么娶我？"

"以前，我想娶你，不能。现在能把你娶回来了，不好吗？"

"我脸上有一块黑。"

"我知道。"

"难看吗？"

"难看。"

"你说了实话。"

"看看就会看惯的。"

"你是可怜我吗？"

"我疼你。"

"伸开你的手。"

瑞云把手放在贺生的手里。贺生想起那天在院里瑞云和他执手相看，就轻轻抚摸瑞云的手。

瑞云说："你说的是真话。"接着叹了一口气，"我已经不是我了。"

贺生轻轻咬了一下瑞云的手指："你还是你。"

"总不那么齐全了！"

"你不是说过，愿意把身子给我吗？"

"你现在还要吗？"

"要！"

两口儿日子过得很甜。不过瑞云每晚临睡，总把所有灯烛吹灭了。好在贺生已经逐渐对她的全身读得很熟，没灯胜似有灯。

花开花落，春去秋来。一窗细雨，半床明月。少年夫妻，如鱼如水。

贺生真的对瑞云脸上那块黑看惯了。他不觉得有什么难看。似乎瑞云脸上本来就有，应该有。

瑞云还是一直觉得歉然。她有时晨妆照镜，会回头对贺生说：

"我对不起你！"

"不许说这样的话！"

贺生因事到苏州，在虎丘吃茶。隔座是一个秀才，自称姓和，彼此攀谈起来。秀才听出贺生是浙江口音，便问：

"你们杭州，有个名妓瑞云，她现在怎么样了？"

"已经嫁人了。"

"嫁了一个什么样的人？"

"一个和我差不多的人。"

"真能类似阁下，可谓得人！——不过，会有人娶她吗？"

"为什么没有？"

"她脸上——"

"有一块黑。是一个什么人用指头在她额头一按，留下的。这个人真不知道安的是什么心肠！——你怎么知道的？"

"实不相瞒，你说的这个人，就是在下。"

"你为什么要做这种事？"

"昔在杭州，也曾一觑芳仪，甚惜其以绝世之姿而流落不偶，故以小术晦其光而保其璞，留待一个有情人。"

"你能点上，也能去掉吗？"

"怎么不能？"

"我也不瞒你，娶瑞云的，便是小生。"

"好！你别具一双眼睛，能超出世俗媸妍，是个有情人！我这就同你到余杭，还君一个十全佳妇。"

到了余杭，秀才叫贺生用铜盆打一盆水，伸出中指，在水面写写画画，说："洗一洗就会好的。好了，须亲自出来一谢医人。"

贺生笑说："那当然！"贺生捧盆入内室，瑞云掬水洗面，面上黑斑随手消失。晶莹洁白，一如当年。瑞云照照镜子，不敢相信。反复照视，大叫一声："这是我！这是我！"

夫妻二人，出来道谢。一看，秀才没有了。

这天晚上，瑞云高烧红烛，剔亮银灯。

贺生不像瑞云一样欢喜。明晃晃的灯烛，粉扑扑的嫩脸，他觉得不惯。他若有所失。

瑞云觉得他的爱抚不像平日那样温存，那样真挚。她坐起来，轻轻地问：

"你怎么了？"

《聊斋》新义

一九八七年八月一日北京

黄　英

马子才，顺天人。几代都爱菊花。到了子才，更是爱菊如命。听说什么地方有佳种，一定得买到。千里迢迢，不辞辛苦。一天，有金陵客人寄住在马家，看了子才种的菊花，说他有个亲戚，有一二名种，为北方所无。马子才动了心，即刻打点行李，跟这位客人到了金陵。客人想方设法，给他弄到两苗菊花芽。马子才如获至宝，珍重裹藏，捧在手里，骑马北归。半路上，遇见一个少年，赶着一辆精致的轿车。少年眉清目秀，风姿洒落。他好像刚刚喝了酒，酒气中有淡淡的菊花香。一路同行，子才和少年就搭了话。少年听出马子才的北方口音，问他到金陵做什么来了，手里捧着的是什么。子才如实告诉少年，说手里这两苗菊花芽好不容易才弄到，这是难得的名种。少年说：

"种无不佳，培溉在人。人即是花，花即是人。"

马子才似懂非懂，问少年要往哪里去。少年说："姐姐不喜欢金陵，将到河北找个合适的地方住下。"马子才问："找了房没有？"——"到了再说吧。"子才说："我看你们就甭费事了。我家里还有几间闲房，空着也是空着，你们不如就在我那儿住着，我也好请教怎样'培溉'菊花。"少年说："得跟我姐姐商量商量。"
他把车停住，把马子才的意思向姐姐说了。车里的人推
开车帘说话。原来是二十来岁的一位美人。说：

"房子不怕窄憋，院子得大一些。"

子才说："我家有两套院子，我住北院，南院归你
们。两院之间有个小板门。愿意来坐坐，拍拍门，随时
可以请过来。平常尽可落闩下锁，互不相扰。"

"这样很好。"

谈了半日，才互通名姓。少年姓陶，姐姐小字黄英。

两家处得很好。马子才发现，陶家好像不举火，经
常是从外面买点烧饼馃子就算一餐，就三天两头请他们
过来便饭。这姐弟二人倒也不客气，一请就到。有一天
陶对马说："老兄家道也不是怎么富足的，我们老是吃你
们，长了，也不是个事。咱们合计合计，我看卖菊花也
能谋生。"马子才素来自命清高，听了陶生的话很不以
为然，说："这是以东篱为市井，有辱黄花！"陶笑笑，
说："自食其力不为贫，贩花为业不为俗。"马子才不再说
话。陶生也还常常拍拍板门，过来看看马子才种的菊花。

子才种菊，十分勤苦。风晨雨夜，科头赤足，他又
挑剔得很严，残枝劣种，都拔出来丢在地上。他拿了
把竹扫帚，打算扫到沟里，让它们顺水漂走。陶生说：

"别！"他把这些残枝劣种都捡起来，抱到南院。马子才心想：这人并不懂种菊花！

没多久，到了菊花将开的月份，马子才听见南院人声嘈杂，闹闹嚷嚷，简直像是香期庙会：这是咋回事？扒在板门上偷觑：喝，都是来买花的。用车子装的，背着的，抱着的，缕缕不绝。再一看那些花，都是见都没见过的异种。心想：他真的卖起菊花来了。这么多的花，得卖多少钱？此人俗，且贪！交不得！又恨他秘着佳本，不叫自己知道，太不够朋友。于是拍拍板门，想过去说几句不酸不咸的话，叫这小子知道：马子才既不贪财，也不可欺。陶生听见拍门，开开门，拉着子才的手，把他拽了过来。子才一看，荒庭半亩，都已辟为菊畦，除了那几间旧房，没有一块空地，到处都是菊花。多数憋了骨朵，少数已经半开。花头大，颜色好，秆粗，叶壮，比他自己园里种的，强百倍。问："你这些花秧子是哪里淘换来的？"陶生说："你细看看！"子才弯腰细看：似曾相识。原来都是自己拔弃的残枝劣种。于是想好的讥诮的话都忘了，直想问问："你把菊种得这样好，有什么诀窍？"陶生转身进了屋，不大会，搬出一张矮桌，就放在菊畦旁边。又进屋，拿出酒菜，说："我不想富，也不想穷。我不能那样清高。连日卖花，得了一些钱。你来了，今天咱们喝两盅。"陶生酒量大，用大杯。马子才只能小杯陪着。正喝着，听见屋里有人叫："三郎！"是黄英的声音。"少喝点，小心吓着马先生。"陶生答应："知道了。"几杯落肚，马子才问："你说过'种无不佳，培溉在人'，你到底有什法子能把花种成这样？"陶生说：

"人即是花，花即是人。花随人意。人之意即花之意。"

马子才还是不明白。

陶生豪饮，从来没见他大醉过。子才有个姓曾的朋友，酒量极大，没有对手。有一天，曾生来，马子才就让他们较量较量。二位放开量喝，喝得非常痛快。从早晨一直喝到半夜。曾生烂醉如泥，靠在椅子上呼呼大睡。陶生站起，要回去睡觉，出门踩了菊花畦，一跤摔倒。马子才说："小心！"一看人没了，只有一堆衣裳落在地上，陶生就地化成一棵菊花，一人高，开着十几朵花，花都有拳大。马子才吓坏了，赶紧去告诉黄英。黄英赶来，把菊花拔起来，放倒在地上，说："怎么醉成这样！"拿起陶生衣裳，把菊花盖住，对马子才说："走，别看！"到了天亮，马子才过去看看，只见陶生卧在菊畦边，睡得正美。

于是子才知道：这姐弟二人都是菊花精。

陶生已经露了行迹，也就不避子才，酒喝得越来越放纵。常常自己下个短帖，约曾生来共饮，二位酒友，成了莫逆。

二月十二，花朝。曾生着两个仆人抬了一坛百花酒，说："今天咱们俩把这坛酒都喝了！"一坛酒快完了，两人都还不太醉。马子才又偷偷往坛里续了几斤白酒。俩人又都喝了。曾生醉得不省人事，由仆人背回去了。陶生卧在地上，又化为菊花。马见惯不惊，就如法炮制，把菊花拔起来，守在旁边，看他怎么再变过来。等了很久，看见菊花叶子越来越憔悴，坏了！赶紧去告诉黄英，黄英一听："啊？——你杀了我弟弟了！"急急奔过来看，菊花根株已枯。黄英大哭，掐了还有点活气的菊花梗，埋在盆里，携入闺中，每天灌溉。

盆里的花渐渐萌发。九月，开了花，短秆粉朵，闻闻，有酒香。浇以酒，则茂。

这个菊种，渐渐传开。种菊人给起了个名字，叫"醉陶"。

一年又一年，黄英也没有什么异状，只是她永远像二十来岁，永远不老。

一九八七年九月十一日爱荷华

蛐　蛐

宣德年间，宫里兴起了斗蛐蛐。蛐蛐都是从民间征来的。这玩意陕西本不出。有那么一位华阴县令，想拍拍上官的马屁，进了一只。试斗了一次，不错，贡到宫里。打这儿起，传下旨意，责令华阴县年年往宫里送。县令把这项差事交给里正。里正哪里去弄到蛐蛐？只有花钱买。地方上有一些不务正业的混混，弄到好蛐蛐，养在金丝笼里，价钱抬得很高。有的里正，和衙役勾结在一起，借了这个名目，挨家挨户，按人口摊派。上面要一只蛐蛐，常常害得几户人家倾家荡产。蛐蛐难找，里正难当。

有个叫成名的，是个童生，多年也没有考上秀才。为人很迂，不会讲话。衙役瞧他老实，就把他报充了里正。成名托人情，送蒲包，磕头，作揖，不得脱身。县里接送往来官员，办酒席，敛程仪，要民夫，要马草，都朝里正说话。不到一年的工夫，成名的几亩薄产都赔进去了。一出暑伏，按每年惯例，该征蛐蛐了。成名不敢挨户摊派，自己又实在变卖不出这笔钱。每天烦闷忧愁，唉声叹气，跟老伴说："我想死的心都有。"老伴说："死，管用吗？买不起，自己捉！说不定能把这项差事应付过去。"成名说："是个办法。"于是提了竹筒，拿着蛐蛐罩，破墙根底下，烂砖头堆里，草丛里，石头缝里，到处翻，找。清早出门，半夜回家。鞋磨破了，髁膝盖磨穿了，手上、脸上，叫葛针拉出好些血道道，无济于事。即使捕得三两只，又小又弱，不够分量，不上品。县令限期追比，交不上蛐蛐，二十板子。十多天下来，成名挨了百十板，两条腿脓血淋漓，没有一块好肉了。走都不能走，哪能再捉蛐蛐呢？躺在床上，翻来覆去：除了自尽，别无他法。

迷迷糊糊做了一个梦。梦见一座庙，庙后小山下怪石乱卧，荆棘丛生，有一只"青麻头"伏着。旁边有一只癞蛤蟆，将蹦未蹦。醒来想想：这是什么地方？猛然省悟：这不是村东头的大佛阁吗？他小时候逃学，曾到那一带玩过。这梦有准吗？那里真会有一只好蛐蛐？管它的！去碰碰运气。于是挣扎起来，拄着拐杖，往村东去。到了大佛阁后，一带都是古坟，顺着古坟走，蹲着伏着一块一块怪石，就跟梦里所见的一样。是这儿？——像！于是在蒿莱草莽之间，轻手轻脚，侧耳细听，凝神细看，听力目力都用尽了，然而听不到蛐蛐叫，看不见蛐蛐影子。忽然，蹦出一只癞蛤蟆。成名一愣，赶紧追！癞蛤蟆钻进了草丛。顺着方向，拨开草丛：一只蛐蛐在荆棘根旁伏着。快扑！蛐蛐跳进了石穴。用尖草撩它，不出来；用随身带着的竹筒里的水灌，这才出来。好模样！蛐蛐蹦，成名追。罩住了！细看看：个头大，尾巴长，青脖子，金翅膀。大叫一声："这可好了！"一阵欢喜，腿上棒伤也似轻松了一些。提着蛐蛐笼，快步回家。举家庆贺，老伴破例给成名打了二两酒。家里有蛐蛐罐，垫上点过了箩的细土，把宝贝养在里面。蛐蛐爱吃什么？栗子、菱角、螃蟹肉。买！净等着到了期限，好见官交差。这可好了：不会再挨板子，剩下的房产田地也能保住了。蛐蛐在罐里叫哩，嚁嚁嚁嚁……

成名有个儿子，小名叫黑子，九岁了，非常淘气。上树掏鸟窝蛋，下河捉水蛇，飞砖打恶狗，爱捅马蜂窝。性子倔，爱打架。比他大几岁的孩子也都怕他，因为他打起架来拼命，拳打脚踢带牙咬。三天两头，有街坊邻居来告"妈妈状"。成名夫妻，就这么一个儿子，只能老给街坊们赔不是，不忍心重棒打他。成名得了这只救命蛐蛐，再三告诫黑子："不许揭开蛐蛐罐，不许看，千万千万！"

不说还好，说了，黑子还非看看不可。他瞅着父亲不在家，偷偷揭开蛐蛐罐。腾！——蛐蛐蹦出罐外，黑子伸手一扑，用力过猛，蛐蛐大腿折了，肚子破了——死了。黑子知道闯了大祸，哭着告诉妈妈。妈妈一听，脸色煞白："你个孽障！你甭想活了！你爹回来，看他怎么跟你算账！"黑子哭着走了。成名回来，老伴把事情一说，成名掉在冰窟窿里了。半天，说："他在哪儿？"找。到处找遍了，没有。做妈的忽然心里一震：莫非是跳了井了？扶着井栏一看，有个孩子。请街坊帮忙，把黑子捞上来，已经死了。这时候顾不上生气，只觉得悲痛。夫妻二人，傻了一样。傻坐着，你看看我，我看看你，找不到一句话。这天他们家烟筒没冒烟，哪里还有心思吃饭呢。天黑了，把儿子抱起来，准备用一张草席卷卷埋了。摸摸胸口，还有点温和；探探鼻子，还有气。先放到床上再说吧。半夜里，黑子醒过来了，睁开了眼。夫妻二人稍得安慰。只是眼神发呆。睁眼片刻，又合上眼，昏昏沉沉地睡了。

蛐蛐死了，儿子这样。成名瞪着眼睛到天亮。

天亮了，忽然听到门外蛐蛐叫，成名跳起来，远远一看，是一只蛐蛐。心里高兴，捉它！蛐蛐叫了一声：嚯，跳走了，跳得很快。追。用手掌一捂，好像什么也没有，空的。手才举起，又分明在，跳得老远。急忙追，折过墙角，不见了。四面看看，蛐蛐伏在墙上。细一看，个头不大，黑红黑红的。成名看它小，瞧不上眼。墙上的小蛐蛐，忽然落在他的袖口上。看看：小虽小，形状特别，像一只土狗子，梅花翅，方脑袋，好像不赖。将就吧。右手轻轻捏住蛐蛐，放在左手掌里，两手相合，带回家里。心想拿它交差，又怕县令看不中，心里没底，就想试着斗一斗，看看行不行。村里有个小伙子，是个玩家，走狗斗鸡，提笼架鸟，样样在行。他养着一只蛐蛐，自名"蟹壳青"，每天找一些少年子弟斗，百战百胜。他把这只"蟹壳青"居为奇货，索价很高，也没人买得起。有人传出来，说成名得了一只蛐蛐，这小伙子就到成家拜访，要看看蛐蛐。一看，捂着嘴笑了：这也叫蛐蛐！于是打开自己的蛐蛐罐，把蛐蛐赶进"过笼"里，放进斗盆。成名一看，这只蛐蛐大得像一只油葫芦，就含糊了，不敢把自己的拿出来。小伙子存心看个笑话，再三说："玩玩嘛，咱又不赌输赢。"成名一想，反正养这么只孬玩意也没啥用，逗个乐！于是把黑蛐蛐也放进斗盆。小蛐蛐趴着不动，蔫了吧唧，小伙子又大笑。使猪鬃撩拨它的须须，还是不动。小伙子又大笑。撩它，再撩它！黑蛐蛐忽然暴怒，后腿一挺，直窜过来。俩蛐蛐这就斗开了，冲、撞、腾、击，劈里卜碌直响。忽见小蛐蛐跳起来，伸开须须，翘起尾巴，张开大牙，一下子钳住大蛐蛐的脖子。大蛐蛐脖子破了，直流水。小伙子赶紧把自己的蛐蛐装进过笼，说："这小家伙真玩命呀！"小蛐蛐摆动着须须，"曪曪，曪曪"，扬扬得意。成名也没想到。他和小伙子正在端详这只黑红黑红的小蛐蛐，他们家的一只大公鸡斜着眼睛过来，上去就是一嘴。成名大叫了一声："啊呀！"幸好，公鸡没啄着，蛐蛐蹦出了一尺多远。公鸡一啄不中，撒腿紧追。眨眼之间，蛐蛐已经在鸡爪子底下了。成名急得不知怎么好，只是跺脚，再一看，公鸡伸长了脖子乱甩。唔？走近了一看，只见蛐蛐叮在鸡冠上，死死咬住不放。公鸡羽毛扎撒，双脚挣蹦。成名惊喜，把蛐蛐捏起来，放进笼里。

第二天，上堂交差。县太爷一看：这么个小东西，大怒："这，你不是糊弄我吗！"成名细说这只蛐蛐怎么怎么好。县令不信，叫衙役弄几只蛐蛐来试试。果然，都不是对手。又叫抱一只公鸡来，一斗，公鸡也败了。县令盼咐，专人送到巡抚衙门。巡抚大为高兴，打了一只金笼子，又命师爷连夜写了一通奏折，详详细细表述了黑蛐蛐的能耐，把蛐蛐献进宫中。宫里的有名有姓的蛐蛐多了，都是各省进贡来的。什么"蝴蝶""螳螂""油利挞""青丝额"……黑蛐蛐跟这些"名将"斗

四夫

了一圈，没有一只，能经得三个回合，全都不死带伤望风而逃。皇上龙颜大悦，下御诏，赐给巡抚名马衣缎。巡抚饮水思源，到了考核的时候，给华阴县评了一个"卓异"，就是说该县令的政绩非比寻常。县令也是个有良心的，想起他的前程都是打成名那儿来的，于是免了成名里正的差役；又嘱咐县学的教谕，让成名进了学，成了秀才，有了功名，不再是童生了；还赏了成名几十两银子，让他把赔累进去的薄产赎回来。成名夫妻，说不尽的欢喜。

只是他们的儿子一直是昏昏沉沉地躺着，不言不语，不吃不喝，不死不活，这可怎么了呢？

树叶黄了，树叶落了，秋深了。

一天夜里，成名夫妻做了一个同样的梦，梦见了他们的儿子黑子。黑子说：

"我是黑子。就是那只黑蛐蛐。蛐蛐是我。我变的。

"我拍死了'青麻头'，闯了祸。我就想：不如我变一只蛐蛐吧。我就变成了一只蛐蛐。

"我爱打架。

"我打架总要打赢。谁我也不怕。

"我一定要打赢。打赢了，爹就可以不当里正，不挨板子。我九岁了，懂事了。

"我跟别的蛐蛐打，我想：我一定要打赢，为了我爹，我妈。我拼命。蛐蛐也怕蛐蛐拼命。它们就都怕。

"我打败了所有的蛐蛐！我很厉害！

"我想变回来。变不回来了。

"那也好。我活了一秋。我赢了。

"明天就是霜降，我的时候到了。

"我走了。你们不要想我。——没用。"

第二天一早，黑子死了。

一个消息从宫里传到省里，省里传到县里：那只黑蛐蛐死了。

一九八七年九月二十日爱荷华

石 清 虚

邢云飞，爱石头。书桌上，条几上，书架上，柜橱里，多宝槅里，到处是石头。这些石头有的是他不惜重价买来的，有的是他登山涉水满世界寻觅来的。每天早晚，他把这些石头挨着个儿看一遍。有时对着一块石头能端详半天。一天，在河里打鱼，觉得有什么东西挂了网，挺沉，他脱了衣服，一个猛子扎下去，一摸，是块石头。抱上来一看，石头不小，直径够一尺，高三尺有余。四面玲珑，峰峦叠秀。高兴极了。带回家来，配了一个紫檀木的座，供在客厅的案上。

一天，天要下雨，邢云飞发现：这块石头出云。石头有很多小窟窿，每个窟窿里都有云，白白的，像一团一团新棉花，袅袅飞动，忽淡忽浓。他左看右看，看呆了。俟后，每到天要下雨，都是这样。这块石头是个稀世之宝！

这就传开了。很多人都来看这块石头。一到阴天，来看的人更多。

邢云飞怕惹事，就把石头移到内室，只留一个檀木座在客厅案上。再有人来要看，就说石头丢了。

一天，有一个老叟敲门，说想看看那块石头。邢云飞说："石头已经丢失很久了。"老叟说："不是在您的客厅里供着吗？"——"您不信？不信就请到客厅看看。"——"好，请！"一跨进客厅，邢云飞愣了：石头果然好好地嵌在檀木座里。咦！

老叟抚摸着石头，说："这是我家的旧物，丢失了很久了，现在还在这里啊。既然叫我看见了，就请赐还给我。"邢云飞哪肯呀："这是我家传了几代的东西，怎么会是你的！"——"是我的。"——"我的！"两个争了半天。老叟笑道："既是你家的，有什么验证？"
邢云飞答不上来。老叟说："你说不上来，我可知道。
这石头前后共有九十二个窟窿，最大的窟窿里有五个
字：'清虚石天供'。"邢云飞细一看，大窟窿里果然有
五个字，才小米粒大，使劲看，才能辨出笔画。又数数
窟窿，不多不少，九十二。邢云飞没有话说，但就是不
给。老叟说："是谁家的东西，应该归谁，怎么能由得
你呢？"说完一拱手，走了。邢云飞送到门外，回来，
石头没了。大惊，惊疑是老叟带走了，急忙追出来。老
叟慢慢地走着，还没走远。赶紧奔上去，拉住老叟的袖
子，哀求道："你把石头还我吧！"老叟说："这可是奇
怪了，那么大的一块石头，我能攥在手里，揣在袖子
里吗？"邢云飞知道这老叟很神，就强拉硬拽，把老
叟拽回来，给老叟下了一跪，不起来，直说："您给我
吧，给我吧！"老叟说："石头到底是你家的，是我家
的？"——"您家的！您家的！——求您割爱，求您割
爱！"老叟说："既是这样，那么，石头还在。"邢云飞
一扭头，石头还在座里，没挪窝。老叟说：

　　"天下之宝，当与爱惜之人。这块石头能自己选择
一个主人，我也很喜欢。然而，它太急于自现了。出世
早，劫运未除，对主人也不利。我本想带走，等过了三

年，再赠送给你。既想留下，那你就得减寿三年，这块石头才能随着你一辈子，你愿意吗？"——"愿意！愿意！"老叟于是用两个指头捏了一个窟窿一下，窟窿软得像泥，闭上了。随手闭了三个窟窿，完了，说："石上窟窿，就是你的寿数。"说罢，飘然而去。

有一个权豪之家，听说邢家有一块能出云的石头，就惦记上了。一天派了两个家奴闯到邢家，抢了石头便走。邢云飞追出去，拼命拽住。家奴说石头是他们主人的，邢云飞说："我的！"于是经了官。地方官坐堂问案，说是你们各执一词，都说说，有什么验证。家奴说："有！这石头有九十二个窟窿。"——原来这权豪之家早就派了清客，到邢家看过几趟，暗记了窟窿数目。问邢云飞："人家说出验证来了，你还有什么话说！"邢云飞说："回大人，他们说得不对。石头只有八十九个窟窿。有三个窟窿闭了，还有六个指头印。"——"呈上来！"地方当堂验看，邢云飞所说，一字不差，只好把石头断给邢云飞。

邢云飞得了石头回来，用一方古锦把石头包起来，藏在一只铁梨木匣子里。想看看，一定先焚一炷香，然后才开匣子。也怪，石头很沉，别人搬起来很费劲；邢云飞搬起来却是轻而易举。

邢云飞到了八十九岁，自己置办了装裹棺木，抱着石头往棺材里一躺，死了。

一九八七年九月二十一日爱荷华

〔后记〕

我想做一点试验，改写《聊斋》故事，使它具有现代意识。这是尝试的第一批。

石能择主，人即是花，这种思想原来就是相当现代的。蒲松龄在那样的时候能有这样的思想，令人惊讶。《石清虚》我几乎没有什么改动。我把《黄英》大大简化了，删去了黄英与马子才结为夫妇的情节，我不喜欢马子才，觉得他俗不可耐。这样一来，主题就直露了，但也干净得多了。我把《蛐蛐》（《促织》）和《瑞云》的大团圆式的喜剧结尾改掉了。《促织》本来是一个具有强烈的揭露性的悲剧，原著却使变成蛐蛐的孩子又复活了，他的父亲也有了功名，发了财，这是一大败笔。这和前面一家人被逼得走投无路的情绪是矛盾的，孩子的变形也就失去使人震动的力量。蒲松龄和自己打了架。迫使作者于不自觉中化愤怒为慰安，于此可见封建统治的酷烈。我这样改，相信是符合蒲老先生的初衷的。《瑞云》的主题原来写的是"不以媸妍易念"。这是道德意识，不是审美意识。瑞云之美，美在性情，美在品质，美在神韵，不仅仅在于肌肤。脸上有一块黑，不是损其全体。（《聊斋》写她"丑状类鬼"很恶劣！）歌德说过：爱一个人，如果不爱她的缺点，不是真正的爱。"情人眼里出西施"，是很有道理的。昔人评《聊斋》就有指出"和生多事"的。和生的多事不在在瑞云额上点了一指，而在使其皯面光洁。我这样一改，立意与《聊斋》就很不相同了。

前年我改编京剧《一捧雪》，确定了一个原则："小改而大动"，即尽量保存传统作品的情节，而在关键的地方加以变动，注入现代意识。

改写原有的传说故事，参以己意，使成新篇，这样的事早就有人做过，比如歌德的《新美露茜娜》。比起歌德来，我的笔下显然是过于拘谨了。

中国的许多带有魔幻色彩的故事，从六朝志怪到《聊斋》，都值得重新处理，从哲学的高度，从审美的视角。

我这只是试验，但不是闲得无聊的消遣。本来想写一二十篇以后再出来，《人民文学》索稿，即以付之，为的是听听反应。也许这是找挨骂。

一九八八年一月二十日

陆　判

——《聊斋》新义

朱尔旦，爱作诗，但是天资钝，写不出好句子。人挺豪放，能喝酒。喝了酒，爱跟人打赌。一天晚上，几个作诗写文章的朋友聚在一处，有个姓但的跟朱尔旦说："都说你什么事都敢干，咱们打个赌：你要是能到十王殿去，把东廊下的判官背了来，我们大家凑钱请你一顿！"这地方有一座十王殿，神鬼都是木雕的，跟活的一样。东廊下有一个立判，绿脸红胡子，模样尤其狰恶。十王殿阴森森的，走进去叫人汗毛发紧。晚上更没人敢去。因此，这姓但的想难倒朱尔旦。朱尔旦说："一句话！"站起来就走。不大一会儿，只听见门外大声喊叫："我把髯宗师请来了！"姓但的说："别听他的！"——"开门哪！"门开处，朱尔旦当真把判官背进来了。他把判官搁在桌案上，敬了判官三大杯酒。大家看见判官蠹着，全都坐不住："你，还把他，请回去！"朱尔旦又把一壶酒泼在地上，说了几句祝告的话："门生粗率不文，惊动了您老人家，大宗师谅不见怪。舍下离十王殿不远，没事请过来喝一杯，不要见外。"说罢，背起判官就走。

第二天，他的那些文友，果然凑钱请他喝酒。一直喝到晚上，他已经半醉了，回到家里，觉得还不尽兴，又弄了一壶，挑灯独酌。正喝着，忽然有人掀开帘子进来。一看，是判官！朱尔旦腾地站了起来："噫！我完了！昨天我冒犯了你，你今天来，是不是要给我一斧子？"判官拨开大胡子一笑："非也！昨蒙高义相订，今天夜里得空，敬践达人之约。"朱尔旦一听，非常高兴，拽住判官衣袖，忙说："请坐！请坐！"说着点火坐水，要烫酒。判官说："天道温和，可以冷饮。"——"那好那好！——我去叫家里的弄两碟菜。你宽坐一会儿。"朱尔旦进里屋跟老婆一说，——他老婆娘家姓周，挺贤惠，"炒两个菜，来了客。"——"半夜里来客？什么客？"——"十王殿的判官。"——"什么？"——"判官。"——"你千万别出去！"朱尔旦说："你甭管！炒菜，炒菜！"——"这会儿，能炒出什么菜？"——"炸花生米！炒鸡蛋！"一会儿的工夫，两碟酒菜炒得了，朱尔旦端出来，重换杯筷，斟了酒："久等了！"——"不妨，我在读你的诗稿。"——"阴间，也兴作诗？"——"阳间有什么，阴间有什么。"——"你看我这诗？"——"不好。"——"是不好！喝酒！——你怎么称呼？"——"我姓陆。"——"台甫？"——"我没名字！"——"没名字？好！——干！"这位陆判官真是海量，接连喝了十大杯。朱尔旦因为喝了一天的酒，不知不觉，醉了。趴在桌案上，呼呼大睡。到天亮，醒了，看看半枝残烛，一个空酒瓶，碟子里还有几颗炸焦了的花生米，两筷子鸡蛋，恍惚了半天："我夜来跟谁喝酒来着？判官，陆判？"自此，陆判隔三两天就来一回，炸花生米，炒鸡蛋下酒。朱尔旦作了诗，都拿给陆判看。陆判看了，都说不好。"我劝你就别作诗了。诗不是谁都能作的。你的诗，平仄对仗都不错，就是缺一点东西——诗意。心中无诗意，笔下如何有好诗？你的诗，还不如炒鸡蛋。"

有一天，朱尔旦醉了，先睡了，陆判还在自斟自饮。朱尔旦醉梦之中觉得肚脏微微发痛，醒过来，只见陆判坐在床前，豁开他的腔子，把肠子肚子都掏了出来，一条一条在整理。朱尔旦大为惊愕，说："咱俩无仇无怨，你怎么杀了我？"陆判笑笑说："别怕别怕，我给你换一颗聪明的心。"说着不紧不慢地，把肠子又塞了回去。问："有干净白布没有？"——"白布？有包脚布！"——"包脚布也凑合。"陆判用包脚布缚紧了朱尔旦的腰杆，说："完事了！"朱尔旦看看床上，也没有血迹，只觉得小肚子有点发木。看看陆判，把一疙瘩红肉放在茶几上，问："这是啥？"——"这是老兄的旧心。你的诗写不好，是因为心长得不好。你瞧瞧，什么乱七八糟的，窟窿眼都堵死了。适才在阴间拣到一颗，虽不是七窍玲珑，比你原来那颗要强些。你那一颗，我还得带走，好在阴间凑足原数。你躺着，我得去交差。"

朱尔旦睡了一觉，天明，解开包脚布看看，创口已经合缝，只有一道红线。从此，他的诗就写得好些了。他的那些诗友都很奇怪。

朱尔旦写了几首传诵一时的诗，就有点不安分了。一天，他请陆判喝酒，喝得有点醺醺然了，朱尔旦说："涮肠伐胃，受赐已多，尚有一事欲相烦，不知可否？"陆判一听："什么事？"朱尔旦说："心肠可换，这脑袋面孔想来也是能换的。"——"换头？"——"你弟妇，我们家里的，结发多年，怎么说呢，下身也还挺不赖，就是头面不怎么样。四方大脸，塌鼻梁。你能不能给来一刀？”——“换一个？成！容我缓几天，想想办法。”

过了几天，半夜里，来敲门，朱尔旦开门，拿蜡烛一照，见陆判用衣襟裹着一件东西。“啥？”陆判直喘气：“你托付我的事，真不好办。好不容易，算你有运气，我刚刚得了一个挺不错的美人脑袋，还是热乎的！”一手推开房门，见朱尔旦的老婆侧身睡着，睡得正实在，陆判把美人脑袋交给朱尔旦抱着，自己从靴靿子里抽出一把锋快的匕首，按着朱尔旦老婆的脑袋，切冬瓜似的一刀切了下来，从朱尔旦手里接过美人脑袋，合在朱尔旦老婆脖颈上，看端正了，然后用手四边摁了摁，动作干净利落，真是好手艺！然后，移过枕头，塞在肩下，让脑袋腔子都舒舒服服地斜躺着。说：“好了！你把尊夫人原来的脑袋找个僻静地方，刨个坑埋起来。以后再有什么事，我可就不管了。”

第二天，朱尔旦的老婆起来，梳洗照镜。脑袋看看身子：“这是谁？”双手摸摸脸蛋：“这是我？”

朱尔旦走出来，说了换头的经过，并解开女人的衣领，让女人验看，脖颈上有一圈红线，上下肉色截然不同。红线以上，细皮嫩肉；红线以下，较为粗黑。

吴侍御有个女儿，长得很好看。昨天是上元节，去逛十王殿。有个无赖，看见她长得美，跟梢到了吴家。半夜，越墙到吴家女儿的卧室，想强奸她。吴家女儿抗拒，大声喊叫，无赖一刀把她杀了，把脑袋放在一边，逃了。吴家听见女儿屋里有动静，赶紧去看。一看见女儿尸体，非常惊骇。把女儿尸体用被窝盖住，急忙去备具棺木。这时候，正好陆判下班路过，一看，这个脑袋不错！裹在衣襟里，一顿脚，腾云驾雾，来到了朱尔旦家。

吴家买了棺木，要给女儿成殓。一揭被窝，脑袋没了！

朱尔旦的老婆换了脑袋，也带了一些别扭。朱尔旦的老婆原来食量颇大，爱吃辛辣葱蒜。可是这个脑袋吃得少，又爱吃清淡东西，喝两口鸡丝雪笋汤就够了，因此就下面的肚子老是不饱。

晚上，这下半身非常热情，可是脖颈上这张雪白粉嫩的脸却十分冷淡。

吴家姑娘爱弄乐器，笙箫管笛，无所不晓。有一天，在西厢房找到一管玉屏洞箫，高兴极了，想吹吹。撮细了樱唇，倒是吹出了音，可是下面的十个指头不会捏眼！

朱尔旦老婆换了脑袋，这事渐渐传开了。

朱尔旦的那些诗朋酒友自然也知道了这件事。大家就要求见见换了脑袋的嫂夫人，尤其是那位姓但的。朱尔旦被他们缠得脱不得身，只得略备酒菜，请他们见见新脸旧夫人。

客人来齐了，朱尔旦请夫人出堂。

大家看了半天，姓但的一躬到地：

"是嫂夫人？"

这张挺好看的脸上的挺好看的眼睛看看他，说："初次见面，您好！"

初次见面？

"你现在贵姓？姓周，还是姓吴？"

"不知道。"

不知道？

"那么你是？"

"我也不知道我是谁。是我，还是不是我。"这张挺好看的面孔上的挺好看的眼睛看看朱尔旦，下面一双挺粗挺黑的手比比画画，问朱尔旦："我是我？还是她？"

朱尔旦想了一会儿，说：

"你们。"

"我们？"

一九八八年新春

双　灯

——《聊斋》新义

魏家二小，父母双亡，没念过几年书，跟着舅舅卖酒。舅舅开了一座糟坊，就在村口，不大，生意也清淡，顾客不多。糟坊前进，有一些甏子、水桶、酒缸。后面是一个很大的院子，荒荒凉凉，什么也没有，开了一地的野花。后院有一座小楼。楼下是空的，二小住在楼上。每天太阳落了山，关了大门，就剩二小一个人了。他倒不觉得闷。有时反反复复想想小时候的事，背两首还记得的千家诗，或是伏在楼窗口看南山。南山暗蓝暗蓝的，没有一星灯火。南山很深，除了打柴的、采药的，不大有人进去。天边的余光退尽了，南山的影子模糊了，星星一个一个地出齐了，村里有几声狗叫，二小睡了，连灯都不点。一年一年，二小长得像个大人了，模样很清秀。因为家寒，还没有说亲。

一天晚上，二小已经躺下了，听见楼下有脚步声，还似不止一个人。不大会，踢踢踏踏，上了楼梯。二小一骨碌坐起来："谁？"只见两个小丫鬟挑着双灯，已经到了床跟前。后面是一个少年书生，领着一个女郎。到了床前，微微一笑。二小惊得说不出话来。一想：这是狐狸精！腾的一下，汗毛都立起来了，低着头，不敢斜视一眼。书生又笑了笑说："你不要猜疑。我妹妹和你有缘，应该让她和你做伴。"二小看看书生，一身貂皮绸缎，华丽耀眼；看看自己，粗布衣裤，自己直觉得寒碜，不知道说什么好。书生领着丫鬟，丫鬟留下双灯，他们径自走了。

剩下女郎一个人。

二小细细地看了女郎，像画上画的仙女，越看越喜欢，只是自己是个卖酒的，浑身酒糟气，怎么配得上这样的仙女呢？想说两句风流一点的话，一句也说不出，傻了。女郎看看他，说："你不是念'子曰'的，怎么那么书呆子气！我手冷，给我焐焐！"一步走向前，把二小推倒在床上，把手伸在他怀里。焐了一会儿，二小问："还冷吗？"——"不冷了，我现在身上冷。"二小翻身把她搂了起来。二小从来没有干过这种事。不过这种事是不需人教的。

鸡叫了，两个小丫鬟来，挑起双灯，把女郎引走了。到楼梯口，女郎回头：

"我晚上来。"

"我等你。"

夜长，他们赌猜枚。二小拎了一壶酒，笸箩里装了一堆豆子："我藏你猜，猜对了，我喝一口酒。"他用右手攥了豆子："几颗？"

"三颗。"

摊开手：三颗！

又攥了一把："几颗？"

"十一！"

摊开手，十一颗！

猜了十次，都猜对了，二小喝了好几杯酒。

"这样猜法，你要喝醉了，你没个赢的时候，不如我藏，你猜，这样你还能赢几把。"

这样过了半年。

一天，太阳将落，二小关了大门，到了后院，看见女郎坐在墙头上，这天她打扮得格外标致，水红衫子，百蝶绢裙，鬓边插了一支珍珠偏凤。她招招手："你过来。"把手伸给二小，墙不高，轻轻一拉，二小就过了墙。

"你今天来得早？"

"我要走了，你送送我。"

"要走？为什么要走？"

"缘尽了。"

"什么叫'缘'？"

"缘就是爱。"

"……"

"我喜欢你，我来了。我开始觉得我就要不那么喜欢你了，我就得走。"

"你忍心？"

"我舍不得你，但是我得走。我们，和你们人不一样，不能凑合。"

说着已到村外，那两个小丫鬟挑着双灯等在那里，她们一直走向南山。

到了高处，女郎回头：

"再见了。"

二小呆呆地站着，远远看见双灯一会儿明，一会儿灭，越来越远，渐渐看不见了，二小好像掉了魂。

这天夜晚，山上的双灯，村里人都看见了。

一九八八年六月十日

画　壁

——《聊斋》新义

有一商队，从长安出发，将往大秦。朱守素，排行第三，有货物十驮，亦附队同行。这十个驮子，装的都是上好的丝绸。"象眼""方胜"，花样新鲜；"海榴""石竹"，颜色美丽。如到大秦，可获巨利。驼队到了酒泉，需要休息。那酒泉水好。要把皮囊灌满，让骆驼也喝足了水。

酒泉有一座佛寺，殿宇虽不甚宏大，但是佛像庄严，两壁的画是高手画师手笔，名传远近。朱守素很想去瞻望。他把骆驼、驮子、水囊托付给同行旅伴，径自往佛寺中来。

寺中长老出门肃客。长老内养丰润，面色微红，眉白如雪，着杏黄褊衫，合十为礼，引导朱守素各处随喜，果然是一座幽雅寺院，画栋雕窗，一尘不到。阶前开两株檐卜，池边冒几束菖蒲。

进了正殿，朱守素慢慢地去看两边画壁。西壁画鬼子母，不甚动人。东壁画散花天女。花雨缤纷，或飘或落。天女皆衣如出水，带若当风。面目姣好，肌体丰盈。有一垂发少女，拈花微笑，樱唇欲动，眼波将流。朱守素目不转瞬，看了又看，心摇意动，想入非非。忽然觉得自己飘了起来，如同腾云驾雾，落定之后，已在墙上。举目看看，殿阁重重，极其华丽，不似人间。有一老僧在座上说法，围听的人很多。朱守素也杂在人群中听了一会儿。忽然觉得有人轻轻拉了一下他的衣袖，一回头，正是那个垂发少女。她嫣然一笑，走了。朱守素尾随着她，经过一道曲曲折折的游廊，到了一所精精致致的小屋跟前，朱守素不知这是什么所在，脚下踌躇。少女举起手中花，远远地向他招了招。朱守素紧走了几步，追了上去。一进屋，没有人，上去就把她抱住了。

少女梳理垂发，穿好衣裳，轻轻开门，回头说："不要咳嗽！"关了门。

晚上，轻轻地开了门，又来了。

这样过了两天。女伴们发觉少女神采变异，喊喊喳喳了一阵，一窝蜂似的闯进拈花女的屋子，七手八脚，到处一搜，把朱守素搜了出来。

"哈！肚子里已经有了娃娃，还头发蓬蓬地学了处女样子呀！不行！"

女伴们捧了簪环首饰，一起说：

"上头！"

少女含羞不语，只好由她们摆布。七手八脚，一会儿就把头给梳上了。一个胖天女说：

"姐姐妹妹们，咱们别老待着，叫人家不乐意！"——"噢！"天女们一窝蜂又都散了。

朱守素看看女郎，云髻高簇，凤鬟低垂，比垂发时更为艳丽，转目流眄，光彩照人。朱守素把她揽在怀里。她浑身兰花香气。

忽然听到外面皮靴踏地，铿铿作响。女郎神色紧张，说：

"这两天金甲神人巡查得很紧，怕有下界人混入天上。我要去就部随班，供养礼佛。你藏在这个壁橱里，不要出来。"

朱守素待在壁橱里，壁橱狭小，又黑暗无光，十分气闷。他听听外面，没有声息，就偷偷出来，开门眺望。

朱守素的同伴吃了烧肉胡饼，喝了水，一切准备停当，不见朱守素人影，就都往佛寺中走，问寺中长老，可曾见过这样一个人。长老说："见过见过。"

"他到哪里去了？"

"他去听说法了。"

"在什么地方？"

"不远不远。"

长老用手指弹弹画壁，叫道：

"朱檀越，你怎么去了偌长时间，你的同伴等你很久了！"

大家一看，画上现出朱守素的像，竖起耳朵，好像听见了。

旅伴大声喊道：

"朱三哥！我们要上路了！你的十驮货物如何处置？要不，给你留下？"

朱守素忽然从墙上飘了下来，双眼恍惚，两脚发软。

旅伴齐问：

"你怎么进到画里去了？这是怎么回事？"

朱守素问长老：

"这是怎么回事？"

长老说："幻由心生。心之所想，皆是真实。请看。"

朱守素看看画壁，原来拈花的少女已经高梳云髻，不再是垂发了。

朱守素目瞪口呆。

"走吧走吧。"旅伴们把朱守素推推拥拥，出了山门。

驼队又上路了。骆驼扬着脑袋，眼睛半睁半闭，样子极其温顺，又似极其高傲，仿佛于人世间事皆不屑一顾。骆驼的柔软的大蹄子踩着砂碛，驼队渐行渐远。

一九八八年六月二十日

《聊斋》新义两篇

捕快张三

捕快张三，结婚半年。他好一杯酒，于色上寻常。他经常出外办差，三天五日不回家。媳妇正在年轻，空房难守，就和一个油头光棍勾搭上了。明来暗去，非止一日。街坊邻里，颇有察觉。水井边，大树下，时常有老太太、小媳妇咬耳朵，挤眼睛，点头，戳手，悄悄议论，嚼老婆舌头。闲言碎语，张三也听到了一句半句。心里存着，不露声色。一回，他出外办差，提前回来了一天。天还没有亮，便往家走。没拐进胡同，远远看见一个人影，从自己家门出来。张三紧赶两步，没赶上。张三拍门进屋，媳妇梳头未毕、挽了纂，正在掠鬓，脸上淡淡的。

“回来了？”

“回来了！”

“提早了一天。”

“差事完了。”

“吃什么？”

“先不吃。——我问你，我不在家，你都干什么了？”

“开门，撤火，喂鸡，择菜，坐锅，煮饭，做针线活，和街坊闲磕牙，说会子话，关门，放狗，挡鸡窝……”

“家里没人来过？”

“隔壁李二嫂来替过鞋样子，对门张二婶借过筲箕……”

“没问你这个！我回来的时候，在胡同口仿佛瞧见一个人打咱们家出去，那是谁？”

“你见了鬼了！——吃什么？”

“给我下一碗热汤面，煮两个咸鸡子，烫四两酒。”

媳妇下厨房整治早饭，张三在屋里到处搜寻，看看有什么破绽。翻开被窝，没有什么。一掀枕头，滚出了一枚韭菜叶赤金戒指。张三攥在手里。

媳妇用托盘托了早饭进来。张三说：

"放下。给你看一样东西。"

张三一张手，媳妇浑身就凉了：这个粗心大意的东西！没有什么说的了，扑通一声，跪倒在地：

"我错了。你打吧。"

"打？你给我去死！"

张三从房梁上抽下一根麻绳，交在媳妇手里。

"要我死？"

"去死！"

"那我死得漂漂亮亮的。"

"行！"

"我得打扮打扮，插花戴朵，擦粉抹胭脂，穿上我娘家带来的绣花裙子袄。"

"行！"

"得会子。"

"行！"

媳妇到里屋去打扮，张三在外屋剥开咸鸡子，慢慢喝着酒。四两酒下去了小三两，鸡子吃了一个半，还不见媳妇出来。心想：真麻烦；又一想：也别说，最后一回了，是得好好捯饬捯饬。他忽然成了一个哲学家，举着酒杯，自言自语："你说这人活一辈子，是为了什么呢？"

一会儿，媳妇出来了：喝！眼如秋水，面若桃花，点翠插头，半珠押鬓，银红裙袄粉缎花鞋。到了外屋，眼泪汪汪，向张三拜了三拜。

"你真的要我死呀？"

"别废话，去死！"

"那我就去死啦！"

媳妇进了里屋，听得见她搬了一张机凳，站上去，拴了绳扣，就要挂上了。张三把最后一杯酒一饮而尽，啪嚓一声，摔碎了酒杯，大声叫道：

"哈！回来！一顶绿帽子，未必就当真把人压死了！"

这天晚上，张三和他媳妇，琴瑟和谐。夫妻两个，恩恩爱爱，过了一辈子。

　　按：这个故事见于《聊斋》卷九《佟客》后附"异史氏曰"的议论中。故事与《佟客》实无关系。"异史氏"的议论是说古来臣子不能为君父而死，本来是很坚决的，只因为"一转念"误之。议论后引出这故事，实在毫不相干。故事很一般，但在那样的时代，张三能掀掉"绿头巾"的压力，实在是很豁达，非常难得的。蒲松龄述此故事时语气不免调侃，但字里行间，流露同情，于此可窥见聊斋对贞节的看法。聊斋对妇女常持欣赏眼光，多曲谅，少苛求，这一点，是与曹雪芹相近的。

一九八九年七月二十八日

同　梦

　　凤阳士人，负笈远游。临行时对妻子说："半年就回来。"年初走的，眼下重阳已经过了。

　　露零白草，叶下空阶。

　　妻子日夜盼望。

　　白日好过，长夜难熬。

　　一天晚上，卸罢残妆，摊开薄被躺下了。

　　月光透过窗纱，摇晃不定。

　　窗外是官河。夜航船的橹声咿咿呀呀。

　　士人妻无法入睡。迷迷糊糊，不免想起往日和丈夫枕席亲狎，翻来覆去折饼。

　　忽然门帷掀开，进来了一个美人。头上珠花乱颤，系一袭绛色披风，笑吟吟地问道：

"姐姐，你是不是想见你家郎君呀？"

士人妻已经站在地上，说：

"想。"

美人说："走！"

美人拉起士人妻就走。

美人走得很快，像飞一样。

（她的披风飘了起来。）

士人妻也走得很快，像飞一样。

她想：我原来能走得这样轻快！

走了很远很远。

走了好大一会儿。美人伸手一指。

"来了。"

士人妻一看：丈夫来了，骑了一匹白骡子。

士人见了妻子，大惊，急忙下了坐骑，问：

"上哪儿去？"

美人说："要去探望你。"

士人问妻子："这是谁？"

妻子没来得及回答，美人掩口而笑说："先别忙问这问那，娘子奔波不易，郎君骑了一夜牲口，都累了。骡子也乏了。我家不远，先到我家歇歇，明天一早再走，不晚。"

顺手一指，几步以外，就有个村落。

已经在美人家里了。

有个小丫头，趴在廊子上睡着了。

美人推醒小丫头："起来起来，来客了。"

美人说："今夜月亮好，就在外面坐坐。石台、石榻，随便坐。"

士人把骡子在檐前梧桐树上拴好。

大家就座。

不大会，小丫头捧来一壶酒，各色果子。

美人斟了一杯酒，起立致辞：

"鸾凤久乖，圆在今夕，浊醪一觞，敬以为贺。"

士人举杯称谢：

"萍水相逢，打扰不当。"

主客谈笑碰杯，喝了不少酒。

饮酒中间，士人老是注视美人，不停地和她说话。说的都是风月场中调笑言语，把妻子冷落在一边，连一句寒暄的话都没有。

美人眉目含情，和士人应对。话中有意，隐隐约约。

士人妻只好装呆，闷坐一旁，一声不言语。

美人海量，嫌小杯不尽兴，叫取大杯来。

这酒味甜，劲足。

士人说："我不能再喝，不能再喝了。"

"一定要干了这一杯！"

士人乜斜着眼睛，说："你给我唱一支曲儿，我喝！"

美人取过琵琶，定了定弦，唱道：

　　　黄昏卸得残妆罢，

　　　窗外西风冷透纱。

　　　听蕉声，一阵一阵细雨下，

　　　何处与人闲磕牙？

　　　望穿秋水，

　　　不见还家。

　　　滴滴泪似麻。

　　　又是想他，

　　　又是恨他，

　　　手拿着红绣鞋儿占鬼卦。

士人妻心想：这是唱谁呢？唱我？唱她？唱一个不知道的人？

她把这支小曲全记住了。清清楚楚，一字不落。

美人的声音很甜。

放下琵琶，她举起大杯，一饮而尽。

她的酒上来了。脸上红扑扑的，眼睛水汪汪的。

"我喝多了，醉了，少陪了。"

她歪歪倒倒地进了屋。

士人也跟了进去。

士人妻想叫住他，门已经关了，插上了。

"这算怎么回事？"

半天，也不见出来。

小丫头伏在廊子上，又睡着了。

月亮明晃晃的。

"我在这儿待着干什么？我走！"

可是她不认识路，又是夜里。

士人妻的心头猫抓的一样。

她想去看看。

走近窗户，听到里面还没有完事。

美人娇声浪气，声音含含糊糊。

丈夫气喘吁吁，还不时咳嗽，跟往常和自己在一起时一样。

士人妻气得双手直抖。

心想：我不如跳河死了得了！

正要走，见兄弟三郎骑一匹枣红马来了。

"你怎么在这儿？"

"你快来，你姐夫正和一个女人做坏事哪！"

"在哪儿？"

"屋里。"

三郎一听，里面还在唧唧哝哝说话。

三郎大怒，捡了块石头，用力扔向窗户。

窗棂折了几根。

只听里边女人的声音："可了不得啦，郎君的脑袋破了！"

士人妻大哭：

"我想不到你把他杀了，怎么办呢？"

三郎瞪着眼睛说：

"你叫我来，才出得一口恶气，又护汉子，怨兄弟，我不能听你支使。我走！"

士人妻拽住三郎衣袖：

"你上哪儿去？你带我走！"

"去你的！"

三郎一甩袖子，走了。

士人妻摔了个大跟头。她惊醒了。

"啊，是个梦！"

第二天，士人果然回来了，骑了一匹白骡子。士人妻很奇怪，问：

"你骑的是白骡子？"

士人说："这问得才怪，你不是看见了吗？"

士人拴好骡子。

洗脸，喝茶。

士人说："我昨天晚上做了一个梦。"

"一个什么样的梦？"

士人从头至尾述说了一遍。

士人妻说："我也做了一个梦，和你的一样，我们俩做了同一个梦！"

正说着，兄弟三郎骑了一匹枣红马来了。

"我昨晚上做梦，姐夫回来了，你果然回来了！——你没事？"

"有人扔了块大石头，正砸在我脑袋上。所幸是在梦里，没事！"

"扔石头的是我！"

三人做了一个梦！

士人妻想：怎么这么巧呀？若说是梦，白骡子、枣红马，又都是实实在在的。这是怎么回事呢？那个披绛色披风的美人又是谁呢？

正在痴呆呆地想，窗外官河里有船扬帆驶过，船

上有人弹琵琶唱曲,声声甜甜的,很熟。推开窗户一看,船已过去,一角绛色披风被风吹得搭在舱外飘飘扬扬了:

　　黄昏卸得残妆罢,

　　窗外西风冷透纱……

〔附记〕

　　此据《凤阳士人》改写。说是"新义",实不新,我只是把结尾改了一下。

　　　　　　　　　　一九八九年八月二日

新笔记小说三篇

明 白 官

（出《聊斋志异》）

《聊斋志异·郭安》记的是真人真事，不是鬼狐故事，没有任何夸张想象，艺术加工。

孙五粒有个男用人。——孙五粒原名孙秖，后改名柏龄，字五粒。孙之獬之子，孙琰龄之兄，明崇祯六年举人，清顺治三年进士。历任工科、刑科给事中，礼部都给事中，太仆寺少卿，迁鸿胪寺卿，转通政使司左通政使。孙家一门显宦，又是淄川人，和蒲松龄是小同乡。在淄川，一提起孙五粒，是没有人不知道的，因此蒲松龄对他无须介绍。但是外地的后代的人就不知孙五粒是谁了，所以不得不噜苏几句。——这个男用人独宿一室，恍恍惚惚被人摄了去。到了一处宫殿，一看，上面坐的是阎罗王。阎罗看了看这男用人，说："错了！要拿的不是此人。"于是下令把他送回去。回来后，这男用人害怕得不得了，不敢再一个人住在这间屋子里，就换了个地方，住到别处去了。

另外一个用人，叫郭安，正没有地方住，一看这儿有空屋子空床，"行！这儿不错！"就睡下了。大概是带了几杯酒，一睡，睡得很实。

又一个用人，叫李禄。这李禄和那被阎王错勾过的男用人一向有仇，早就想把这小子宰了。这天晚上，拿了一把快刀，到了空屋里，一看，门没有闩，一摸，没错！咔嚓一刀！谁知道杀的不是仇人，是郭安。

郭安的父亲知道儿子被人杀了，告到当官。

当时的知县是陈其善。

陈其善是辽东人，贡士。顺治四年任淄川县知县。顺治九年，调进京，为拾遗。那么陈其善审理此案当在顺治四—九年之间，即1647—1652，距现在差不多三百三十年。

陈其善升堂。

原告被告上堂，陈其善对双方各问了几句话。李禄供认不讳，是他杀了郭安。陈其善沉吟了一会儿，说：

"你不是存心杀他，是误杀。没事了，下去吧。"郭安的父亲不干了，哭着喊着："就这样了结啦？我的儿子就白死啦？我这多半辈子就这一个儿子，他死了，我靠谁呀？"——"哦，你没有儿子了？这么办，叫李禄当你的儿子。"郭安的父亲说："我干吗要他当我的儿子呀？——我不要，不要！"——"不要不行！退堂！"

蒲松龄说：这事儿奇不奇在孙五粒的男用人见鬼，而奇在陈其善的断案。

（汪曾祺按：孙五粒这时想必不在淄川老家。要不然，家里奴仆之间出了这样的事，他总得过问过问。）

济南府西部有一个县，有一个人杀了人，被杀的那人的老婆告到县里。县太爷大怒，出签拿人，把凶犯拘到，拍桌大骂："人家好好的夫妻，你咋竟然叫人家守了寡了呢！现在，就把你配了她，叫你老婆也守寡！"提起朱笔，就把这两人判成了夫妻。

济南府西县令是进士出身。蒲松龄曰："此等明决，皆是甲榜所为，他途不能也。"——这样的英明的判决，只有进士出身的官才做得出，非"正途"出身的县长，是没有这个水平的。

不过，陈其善是贡生，不算"正途"，他判案子也这个样子。蒲松龄最后赞叹道："何途无才！"不论由什么途径而做了官的，哪儿没有人才呀！

一九九一年七月四日

樟 柳 神

（出《夜雨秋灯录》）

张大眼是个催租隶。这天，把租催齐了，要进城去完秋赋。这时正是秋老虎天气，为了赶早凉，起了个五更。懵懵懂懂，行了一气。到了一处，叫作秋稼湾，太阳上来了，张大眼觉得热起来。看了看，路旁有一户人家，茅草屋，门关着，看样子，这家主人还在酣睡未起。门外，搭着个豆花棚，为的是遮阴。豆花棚奓拉过来，接上了几棵半大柳树。下面有一条石凳，干干净净的。一摸，潮乎乎的，露水还没干。掏出布手巾来擦了擦。

"歇会儿呗！"

张大眼心想：这会儿城门刚开，进城的，出城的，人多，等乱劲儿过去了，再说。好在离城也不远了。

"抽袋烟！"

嚓嚓嚓，打亮火石，点着火绒，咝——吸了一口，

"咦！好烟！"

张大眼正在品烟，听到有唱歌的声音。声音挺细，跟一只小秋蝈蝈似的。听听，唱的是什么？

郎在东来妾在西，

少小两个不相离。

自从接了媒红订，

朝朝相遇把头低。

低头莫碰豆花架，

一碰露水湿郎衣。

唔？

张大眼听得真真的，有腔有字。是怎么回事？

张大眼四处这么一找：是一个小小婴儿，两寸来长，眉清目秀、唇红齿白，穿一个红兜兜，光着屁股，笑嘻嘻的，在豆花穗上一趔一趔地跳。张大眼再一看，原来这小人的颈子上拴着一根头发丝，头发丝扣在豆花棚缝里的芦苇秆上，他跑不了，只能一趔一趔地跳。张大眼心想：这是个樟柳神！他看看路边的茅屋：一定有个会法术的人在屋里睡觉，昨天晚上把樟柳神拴在这儿，让他吃露水。张大眼听人说过樟柳神，这一定就是！他听说过，樟柳神能未卜先知，有什么事将要发生，他早就料到。捉住他，可以消灾免祸。于是张大眼掐断了头发丝，把樟柳神藏在袖子里，让他在手腕上待着。

可樟柳神不肯老实待着，老是一蹦一蹦的。张大眼就把他取出来，放在斗笠里，戴在头上。这一下，樟柳神安生了，不蹦了，只是小声地说话：

张大眼，

好大胆，

捉住咱，

一千铜钱三十板。

张大眼想：这才是没影子的事！钱粮如数催齐，我身无过犯，会挨三十板？不理他！他把斗笠按了按，低着头噜噜噜噜往城里走。

不想刚进城，听得一声大喝：

"拿下！"

张大眼瞪着两只大眼。

原来这天是初一，县官王老爷出城到东岳庙行香。张大眼早晨起冒了，懵里懵懂，一头撞在喝道的锣夫的身上，把锣夫撞了个仰八叉，哐当一声，锣也甩出去老远。王老爷推开轿帘，问道："什么人？"衙役们七手八脚把张大眼摁倒在地。张大眼不知道咋的，一句话也回不出来，只是不停地喘气，大汗珠子直往下掉。"看他神色慌张，必定不是好人。来！打他三十板！"衙役褪下张大眼的裤子，张大眼趴在大街上，哈哈大笑。"你笑什么？打你屁股，你不怕疼，还笑？"张大眼说："我早知道今天要挨三十个板子。"——"你怎么知道？"张大眼于是把他怎么催租，怎么路过秋稼湾，怎么在豆花棚上看到一个樟柳神，樟柳神是怎么怎么说的，一五一十，说了个备细。

"你有樟柳神？"

"有。"

"呈上来！"

县太爷把樟柳神放在轿子里的伏手板上，樟柳神直跟他点头招手，笑嘻嘻的。

"樟柳神归我了。来，赏他——你叫什么？"

"张大眼。"

"赏张大眼一千铜钱！"

"禀老爷，樟柳神爱在斗笠里待着。"

“那成，我让他待在我的红缨大帽里。——起轿！”

“喳！”

王老爷得了樟柳神，心想：这可好了，我以后审案子，不管多么疑难，只要问他，是非曲直，一断便知。我一向有些糊涂，从今以后，清如水，明如镜，这锦绣前程吗，是稳拿把掐的了！

于是每次升堂，都在大帽里藏着樟柳神。不想樟柳神一声不言语。

王老爷退堂，问樟柳神：

“你怎么不说话？”

樟柳神说：

老爷去审案，

按律秉公断。

问我樟柳神，

要你做什么？——吃饭？

当县官的，最关心的是官场的浮沉升降，乃至变法维新，国家大事。王老爷对自己的进退行止，拿不定主意，就请问樟柳神。樟柳神说：

大事我了然，

就是不说破。

问我为什么，

我也怕惹祸。

"你是神，你还怕惹祸？"

"瞧你说的！神就不怕惹祸？神有神的难处。"

樟柳神倒也不闲着，随时向王老爷报一些事。

一早起来，说：

清早起来雾漫漫，

黑鸡下了个白鸡蛋。

到了前半晌，说：

黄牛角，

水牛角，

牛打架，

角碰角。

到快中午了，说：

一个面铺面冲南，

三个老头来吃面。

一个老头吃半斤，

三个老头吃斤半。

到了夜晚，王老爷困得不得了，摘下了大帽，歪靠在榻上，迷迷糊糊睡着了，听见樟柳神在大帽里又说又唱：

唧唧唧，啾啾啾，

老鼠来偷油。

乒乒乓乓——噗，

吱溜！

王老爷一激灵，醒了。

"乒乒乓乓？"

"猫来了，猫追老鼠。"

"噗？"

"猫追老鼠，碰倒了油瓶，——噗！"

"吱溜？"

"老鼠跑了。"

樟柳神老是在王老爷耳朵根底下说这些少盐没醋的淡话，没完没了，弄得王老爷实在烦得不行，就从大帽下面把他捏出来，摔到窗外。

不想，一会儿就又听到帽子底下一趄一趄地蹦。老爷掀开大帽：

"你怎么又回来啦？"

"请神容易送神难。"

"你是不是要跟着我一辈子？"

"那没错！"

〔附记〕

宣鼎，号瘦梅，安徽天长人，生活于同光间，曾在我的故乡高邮住过，在北市口开一家书铺，兼卖画。我的祖父曾收得他的一幅条山。《夜雨秋灯录》是他的主要的笔记小说。也许因为他是高邮隔湖邻县的文人，又在高邮住过，所以高邮人不少看过他的这本书。《夜雨秋灯录》的思想平庸，文笔也很酸腐，只有这篇《樟柳神》却很可喜，樟柳神所唱的小曲尤其清新有韵致。于是想起把这篇东西用语体文重写一遍。前面一部分基本上是按原文翻译，结尾则以己意改作。这样的改变可能使意思过于浅露、少蕴藉了。

一九九一年六月三十日

牛 飞

（据《聊斋志异》）

彭二挣买了一头黄牛。牛挺健壮，彭二挣越看越喜欢。夜里，彭二挣做了个梦，梦见牛长翅膀飞了。他觉得这梦不好，要找人详这个梦。

村里有仨老头，有学问，有经验，凡事无所不知，人称"三老"。彭二挣找到三老，三老正在丝瓜架底下抽烟说古。三老是：甲、乙、丙。

彭二挣说了他做了这样一个梦。

甲说："牛怎么会飞呢？这是不可能的事！"

乙说："这也难说。比如说，你那牛要是得了瘟，死了，或者它跑了，被人偷了，你那买牛的钱不是白扔了？这不就是飞了？"

丙是思想最深刻的半大老头，他没十分注意听彭二挣说他的梦，只是慢悠悠地说："啊，你有一头牛？……"

彭二挣越想越嘀咕，决定把牛卖了。他把牛牵到牛市上，豁着赔了本，贱价卖了。卖牛得的钱，包在手巾里，怕丢了，把手巾缠在胳臂上，往回走。

走到半路，看见路旁豆棵里有一只鹰，正在吃一只兔子，已经吃了一半，剩下半只，这鹰正在用钩子嘴叼兔子内脏吃，吃得津津有味。彭二挣轻手轻脚走过去，一伸手，把鹰抓住了。这鹰很乖驯，瞪着两只黄眼珠子，看着彭二挣，既不鸹人，也没有怎么挣蹦。彭二挣心想：这鹰要是卖了，能得不少钱，这可是飞来的外财。他把胳臂上的手巾解下来，用手巾一头把鹰腿拴紧，架在左胳臂上，手巾、钱，还在胳臂上缠着。怕鹰挣开手巾扣，便老是用右手把着鹰。没想到，飞来一只牛虻，在二挣颈子后面猛叮了一口，彭二挣伸右手拍牛虻，拍了一手血。就在这工夫，鹰带着手巾飞了。

彭二挣耷拉着脑袋往回走，在丝瓜棚下又遇见了三老，他把事情的经过，前前后后，跟三老一说。

三老甲说："谁让你相信梦！你要不信梦，就没事。"

乙说："这是天意。不过，虽然这是注定了的，但也是咎由自取。你要是不贪图外财，不捉那只鹰，鹰怎么会飞了呢？牛不会飞，而鹰会飞。鹰之飞，即牛之飞也。"

半大老头丙曰：

"世上本无所谓牛不牛，自然也即无所谓飞不飞。无所谓，无所谓。"

一九九一年七月八日

虎 二 题

——《聊斋》新义

老虎吃错人

山西赵城有一位老奶奶，穷得什么都没有。同族本家，都很富足，但从来不给她一点周济，只靠一个独养儿子到山里打点柴，换点盐米，勉强度日。一天，老奶奶的独儿子到山里打柴，被老虎吃了。老奶奶进山哭了三天，哭得非常凄惨。

老虎在洞里听见老奶奶哭，知道这是它吃的那人的老母亲，老虎非常后悔。老虎心想：老虎吃人，本来不错。老虎嘛，天生是要吃人的。如果吃的是坏人——强人，恶人，专门整人的人，那就更好。可是这回吃的是一个穷老奶奶的儿子，真是不应该。我吃了她儿子，她还怎么活呀？老奶奶哭得呼天抢地，老虎听得也直掉泪。

老奶奶哭了三天，愣了一会儿，说："不行！我得告它去！"

老奶奶到了县大堂，高喊"冤枉！"

县官升堂，问老奶奶："告什么人？"

"告老虎！"

"告老虎？"

老奶奶把老虎怎么吃了她的独儿子，哭诉了一遍。这位县官脾气倒挺好，笑笑地对老奶奶说："我是县官，治理一方，我可管不了老虎呀！"

"你不管老虎，只管黄鼠狼？"

衙役们一齐吼叫：

"喊！不要胡说！"

衙役们要把老奶奶轰下堂，老奶奶死活不走，拍着县大堂的方砖地，又哭又闹。县官叫她闹得没有办法，只好说："好好好，我答应你，去捉这只老虎。"这老奶奶还挺懂衙门里的规矩，非要老爷发下火签拘票不可。县官只好填了拘票，掣出一支火签。可是，叫谁去呀？衙役们你看看我，我看看你，并无一人应声。有一个衙役外号二百五，做事缺心眼，还爱喝酒，这天喝得半醉了，站出来说："我去！"二百五当堂接了火签拘票，老奶奶才走。县官退堂，不提。

二百五回家睡了一觉，酒醒了，一摸枕头旁边的火签拘票："唔？我又干了什么缺心眼的事了？"二百五的心思，原想做一出假戏，把老奶奶糊弄走，好给老爷解围，没想到这火签拘票是动真格的官法，开不得玩笑的。拘票上批明了比限日期，过期拘不到案犯，是要挨板子的。无奈，只好求老爷派几名猎户陪他一块进山，日夜在山谷里猫着，希望随便捕捉一只老虎，就可以搪塞过去。不想过了一个月，也没捉到一根老虎毛。二百五不知挨了多少板子，屁股都打烂了，只好到东门外岳庙去给东岳大帝烧香跪拜，求东岳大帝庇佑，一边说，一边哭。哭拜完了，转过身，看见一只老虎从外面走了进来。二百五怕老虎吃他，直往后退。咳，老虎进来，往门当中一蹲，一动不动，不像要吃人的样子。二百五攥着胆子，问："是是是你吃了老奶奶奶奶的儿儿儿子吗？"老虎点点头。"是你吃了老奶奶的儿子，你就低下脑袋，让我套上铁链，跟我一起去见官。"老虎果然把脑袋低了下来。二百五抖出铁链，给老虎套上，牵着老虎到了县衙。

县官对老虎说："杀人偿命，律有明文。你是老虎，我不能判你个斩立决、绞监候。不过，你吃了老奶奶的独儿子，叫她怎么生活呢？这么着吧，你如果能当老奶奶的儿子，负责赡养老人，我就判你个无罪释放。"老虎点点头。县官叫二百五给它松了铁链，老虎举起前爪冲县官拜了一拜，走了。

老奶奶听说县官把老虎放了，气得一夜睡不着。天亮开门，看见门外躺着一头死鹿。老奶奶把鹿皮鹿肉鹿角卖了，得了不少钱。从此，隔个三五天，老虎就给老奶奶送来一头狍子、一头獐子、一头麂子。老奶奶知道老虎都是天不亮送野物来，就开门等着它。日子长了，就熟了。有时老虎来了，老奶奶就对老虎说："儿你累了，躺下歇会吧。"老虎就在房檐下躺下。人在屋里躺着，虎在屋外躺着，相安无事。

街坊邻居知道老奶奶家躺着老虎，都不敢进来，只有二百五敢来。他和老虎混得很熟，二百五跟它说点什么，老虎能懂。老虎心里想什么，动动爪子，摇摇尾巴，二百五也能明白。

老奶奶攒了不少钱，都放在一口白木箱子里。老奶奶对老虎说："这钱是你挣的！"老虎笑了，点点头。

老奶奶死了。

二百五来了，老虎也来了。

老虎指指那口白木箱，示意二百五抱着。二百五不知道要他去干什么。老虎咬着他的衣角，走到一家棺材铺，指指。二百五明白了，它要给老娘买口棺材。二百五照办了。老虎又咬着二百五的衣角，二百五跟着它走。走到一家泥瓦匠门前，老虎又指指。二百五明白了，它要给老娘修一座坟。二百五也照办了。

老虎对二百五拱拱前爪，进山了。

箱子里还剩不少钱，二百五不知道怎么处置，除了给自己买一瓶汾酒，喝了，其余的就原数封存在老奶奶的屋里。

老奶奶安葬时倒很风光，同族本家：小叔子、大伯子、八侄儿、九外甥披麻戴孝，到坟墓前致礼尽哀。致礼尽哀之后，就乱打了起来。原来他们之来，是知道老奶奶留下不少钱，来议论如何瓜分的。瓜分不均，于是动武。

正在打得难解难分，听得"呜——喝"一声，全都吓得四散奔逃：老虎来了。老虎对这些小叔子、大伯子、八侄儿、九外甥，每一个都尽到了礼数，平均对待，在每个人小腿上咬了一口。

剩下的钱做什么用处呢？二百五问老虎。老虎咬着他的衣角，到了一家银匠铺，指指柜橱里挂着的长命锁。

"你，要，打，一，副，长，命，锁？"

老虎点点头。

"锁上錾什么字？——'长命百岁'？"

老虎摇摇头。

"那么，'永锡遐昌'？"

老虎摇摇头。

"那錾什么字？"

老虎比画了半天，二百五可作了难，左思右想，豁然明白了，问老虎：

"给你錾四个字：'专吃坏人'？"

老虎连连点头。

银匠照式做好。二百五给老虎戴上。

呜一声，老虎回山了。

从此，凡是自己觉得是坏人的人，都不敢进这座山。

人变老虎

太原向杲，不好学文，而好习武，为人仗义，爱打抱不平。和哥哥向晟感情很好。向晟是个柔弱书生。但因为有这样一个弟弟，在地方上也没人敢欺负他。

向晟和一个妓女相好。这个妓女名叫波斯，长得甫提多好看了。向晟想娶波斯，波斯也愿嫁向晟，只是因为波斯的养母要的银子太多，两人未能如愿。一年两年，波斯的养母年纪也大了，想要从良，要从良，得把波斯先嫁出去。有个庄公子，有钱有势，不但在太原，在整个山西也没人敢惹他。庄公子一向也喜欢波斯，愿意纳她为妾。养母跟波斯商量。波斯说："既是想一同跳出火坑，就该一夫一妻地过个正经日子。这就是离了地狱进天堂了。若是做一房妾，那跟当妓女也差不了一萝卜皮，我不愿意。"——"那你的意思？"——"您要是还疼我，肯随我的意，那我嫁向晟！"养母说："行！我把身价银子往下压压。"养母把信儿透给向晟，向晟竭尽家产，把波斯聘了回来。新婚旧好，恩爱非常。

庄公子听说波斯嫁了向晟，大发雷霆。一来，他喜欢波斯；二来，一个穷书生夺了他看中的人，他庄公子的面子往哪搁？一天，庄公子骑着高头大马，带领一帮家丁，出城行猎。家丁一手拿着笛竿吹管，一手提着马棒——驱赶行人给公子让路。浩浩荡荡，好不威风。将出城门，迎面碰见向晟。庄公子破口大骂：

"向晟，你胆敢娶了波斯，你问过我吗？"

"我愿娶，她愿嫁，与别人无干。"

"你小子配吗？"

"我家世世代代，清清白白，咋不配？"

"你小子还敢犟嘴！"

喝令家丁："给我打！"

家丁举起马棒，把向晟打得头破血流，鼻青脸肿。抬回家来，只剩一口气。

向杲听到信，赶奔到哥哥家里，向晟已经断气，新嫂子波斯伏在尸首上大哭。

向杲写了状子，告庄公子。县署府衙，节节上告。不想县尊府尹全都受了庄家的贿赂，告他不倒。

向杲跪倒在向晟灵前，说："哥哥，兄弟对不起你！"

波斯在一旁，说：

"这仇，咱们就这么咽下去了？你平时行侠仗义的，怎么竟这样没有能耐！我要是男子汉，我就拿把刀宰了他！"向杲眼珠子转了几转，一跺脚，说："嫂子，你等着！我要是不把这小子的脑袋切下来，我就再不见你的面！"

向杲揣了一把蘸了见血封喉的毒药的匕首，每天藏伏在山路旁边的葛针棵里，等着庄公子。一天两天，他的行迹渐渐被人识破。庄公子于是每次出来，都多带家丁护卫，又请了几位出名的武师当保镖，照样耀武扬威，出城打猎。而且每到林莽丛杂之处，还要大声叫阵：

"向呆，你想杀我，有种的，你出来！"

向呆肺都气炸了。但是，无计可施。他还是每天埋伏，等待机会。

一天，山里下了暴雨，还夹着冰雹，打得向呆透不过气来。不远有一破破烂烂的山神庙，向呆到庙里暂避。一进门，看见神庙后的墙上画着一只吊睛白额猛虎，向呆发狠大叫：

"我要是能变成老虎就好了！"

"我要是能变成老虎就好了！"

"我要是能变成老虎就好了！"

喊着喊着，他觉得身上长出毛来，再一看，已经变成一只老虎。向呆心中大喜。

过不两天，庄公子又进山打猎。向呆趴在山洞里，等庄公子的人马走近，突然蹿了出来，扑了上去，一口把庄公子的脑袋咬下来，咔嚓咔嚓，嚼得粉碎，然后"呜嗯"一声，穿山越涧而去，倏忽之间，已无踪影。

向呆报了仇，觉得非常痛快，在山里蹦蹦跳跳，倒也自在逍遥。但是他想起家中还有老婆孩子，我成了老

四夫

虎，他们咋过呀？而且他非常想喝一碗醋。他心想：不行，我还得变回去，我还得变回去，我还得变回去。想着想着，他觉得身上的毛一根一根全都掉了。再一看，他已经变成一个人了，他还是向杲。只是做了几天老虎，非常累，浑身没有一点力气。

向杲摇摇晃晃，扶墙摸壁，回到自己家里。进了门，到柜橱里搬出醋缸子，咕嘟咕嘟喝了一气，然后往床上一躺。

家里人正奇怪，他失踪了好多天，上哪儿去了？问他，他说不出话，只摆摆手，接着就呼呼大睡。

一连睡了三天。

波斯听说兄弟回来了，特地来看看，并告诉他，庄公子脑袋被一只老虎咬掉了。向杲叫家里人关上门，悄悄地说："老虎是我。我变的。千万不敢说出去！可不敢①！"

日子久了，向杲有个小儿子，跟他的小伙伴们说："庄公子的脑袋是我爸爸咬掉的。"

----

① 山西话"不敢"是"不能"的意思。

庄公子的老太爷知道了，写了一张状子，到县衙告向杲，说向杲变成老虎，咬掉他儿子的脑袋。县官阅状，觉得过于荒诞，不予受理。

　　　　　　　　　　　　　一九九一年十月十二日